ブラザーズ・ブラジャー

佐原ひかり

BROTHER'S BRASSIERE
HIKARI SAHARA

河出書房新社

illustration
SAITEMISS
(Agence LE MONDE)

bookdesign
albireo

ブラザーズ・ブラジャー

ブラザーズ・ブラジャー

吹き抜ける涼しい風に乗って、金木犀《きんもくせい》の甘い香りがふわりと広がった。どこからか野焼きの匂いも漂ってきて、辺り一面に秋が立ち込める。

百メートルほどの一本道を、すー、はー、と深呼吸を繰り返しながら歩く。

じゅうぶん溜め込んだつもりだったけど、鍵を回して玄関に足を踏み入れた途端、つくりもののバラの香りが押し寄せてきて、うへえ、と鼻をつまんだ。残念ながら、瞳子《とうこ》さんが持ち込んだアロマディフューザーは今日も絶好調らしい。

「ただいまあ」

たたきには誰の靴もないけれど、一応、不在を確認してから上がる。

リュックを開けると、お弁当の残り香と体操着の汗の臭いが同時に立ち上ってきた。こっちはこっちできついなあ、と顔をそむけると、またバラ。鼻の逃げ場がない。

体操着の袋を取り出しながら洗面所に向かって、入り口で足を止めた。

つま先からほんの二十センチほど先に、真っ赤なブラジャーが落ちている。奥の洗濯かごまで、あと一歩、というところだ。

　その場にしゃがむと、耳にかけていた髪がすべり落ちて、視界が黒く覆われた。受験期から伸ばし始めた髪は、そろそろ鎖骨《さこつ》に届く。いいかげん手入れがめんどうで、ショートにしてしまおうかと思った矢先、瞳子さんに言われた。綺麗な髪ねえ、と。それで、なんとなく切れずにいる。

　私からすれば、瞳子さんの、ゆるく波打つ栗色の髪のほうがよっぽど綺麗だと思う。ひかりをたっぷりと含んで、陽の下できらきらと輝いて。

　あかるい髪色、くりっとしたどんぐりまなこ、つやつやと赤い唇。瞳子さんがこういうブラジャーを着けているのは、なんとなく納得できる。

　それにしても、間近で見る他人のブラジャーというものは、なかなか迫力がある。カップの部分には、大輪のバラがいくつも刺繍《ししゅう》されていて、肉厚の花弁は、細く黒い糸でふち取られている。白熱灯のやわらかな光を浴びて、ショーケースの中に並べられていてもおかしくないような高級感だ。こんな下着、今までこの家で見かけることは絶対になかった。

　手を伸ばして肩紐《かたひも》をつまみ上げてみようかと思ったけれど、なんとなくためらわれて、観察だけにとどめる。触っても、踏みつぶしても、放置してても。どうしたっていいはずなのに、扱いかねて固まってしまう。この感覚なんだっけ、としばらく考えて、ああ、と思い当たった。

　これは、小学生の頃、雨上がりの帰り道で沢蟹《さわがに》に出くわしたときの感覚に似ている。

脇の水路から上がってきたのか、アスファルトの道路をのろのろと横断するそいつは、習字終わりに筆を洗ったバケツから出てきたみたいに、てらてらと薄墨色《うすずみいろ》に光っていた。道路を横断しきる前に、そこのカーブから曲がってきた車や自転車にくしゃりと轢《ひ》かれてしまうんじゃないかと、見かけるたび靴の中で指先をきゅっと折り曲げたものだ。

目の前で、命がひとつ見える形で試されていて。

こちらの選択を誰かにじっと見られているような緊張感と、そんな場にいきなり放り込まれたすわりの悪さに耐えられなくて、後ずさり、逃げ帰った記憶がある。

そうだ。体操着。

しわくちゃに丸めた体操着を袋から引っ張り出す。これを出しに来たんだった。

立ち上がり、ブラジャーをまたぐのと同じタイミングで、玄関のほうからがちゃがちゃと鍵を開ける音が聞こえた。

咄嗟《とっさ》に、ブラジャーの上に体操着を落としてかぶせる。鏡に向かって前髪を整えるふりをしながら、瞳子さんが通り過ぎるのを待ったけれど、そのときは訪れない。

かわりに、階段を上っていく音が聞こえる。どうやら、帰って来たのは晴彦のようだ。耳をすませると、上るにつれて、足音が軽快さを失っていくのがわかる。うちの階段は、段数が多い上に、一段一段が高い。晴彦たちは、以前マンションに住んでいたそうだから、余計にきついだろう。サイズの合っていない新品の学生服に身を包み、裾を踏んづけながら、いまいましそうに階段を上っていく姿が、ありありと想像できる。

家族が増えるということは、生活に異物が増えるということだ。瞳子さんと晴彦がうちに越して来てから、つくづくそう思う。それはきっと、向こうにとっても、そうなんだろう。


瞳子さんと晴彦を紹介されたのは、夏休みのはじめ、中華料理屋でのことだ。悟《さとる》くんに連れられ、夕方、駅前で待ち合わせしてからお店まではあっという間だった。気づけば、目の前にはくるくる回る円卓があって、その上にはチンジャオロースや小籠包《ショーロンポー》、名前はわからないけれど、てかてかと光る油ぎった中華料理が並べられていた。

これからは家族として同じ釜の飯を食べるんだぞ、という決意表明に参加させられているような気がして、ちらりと右隣を見やると、晴彦は身じろぎもせず、切れ長の目を憂鬱そうに伏せたままだ。細く尖《とが》った鼻先、きゅっ、と引き結ばれた唇、すっ、としたあごと、切れ味抜群の鋏《はさみ》で切り抜いたような、綺麗な横顔だ。

中二って、こんな感じだっけ。

パリッとした丸首の白シャツと、ゆったりとした生成《きな》りのパンツの、ややおとなっぽいオールホワイトコーデも――こんなの、高校生でもよっぽどセンスに自信がなきゃできない恰好だと思うけど――、たたずまいの清潔さと、その色白さを引き立たせていて、よく似合っている。

ただ、どう考えても中華料理向きとは思えない。これ、絶対知らされてなかったやつじゃん、と同情する。

私も中華はあんまり好きじゃないし、この円卓の向こうに透《す》けて見える未来についても、もろ手を挙げて大賛成というわけでもないけれど、もうここまできたら、こどもが口をはさむ余地なんてない。

結局、晴彦の分まで、私はけなげに無邪気に円卓をくるくると回し続け、油っこい料理をぱくぱくとたいらげていった。

帰り道、べたつく体ともたれた胃に辟易《へきえき》していると、悟くんがコンビニでアイスを買ってくれた。店を出てすぐ封を開け、外袋を悟くんに渡す。もうなにも入らないと思っていたけれど、棒付きのミルクアイスはやさしい甘さで、美味しかった。

家の近くの公園に来たあたりで、悟くんが普段あまり見せないまじめな顔で、「いいかな？」と訊《き》いてきたので、「いいよ」と答えた。

「ほんとに？　まじで？」

「いいよいいよ」

「ちぐさが嫌だったらやめる」

「いいって。アイス溶けるから話しかけないで」

アイスを舐《な》めながらおざなりに返すと、いいんだな、ともう一度訊いてきて、私は無視した。

その一ヶ月後、二人は私と悟くんの家にやって来た。

引っ越しの段取りや晴彦の転校手続きなんかはおどろくほどスムーズで、スピーディーだった。私に話を通す前に事を進めていたのは明らかで、なんじゃそりゃ、とあきれた覚えがある。あのとき私が「よくない」と答えたら、どうするつもりだったのか。

体操着ごとブラジャーを拾い上げ、洗濯かごに放り入れる。

深く息を吸おうとしたら、きついバラの香りにむせてしまった。

私と悟くんの家の匂いと、瞳子さんが持ち込んだアロマディフューザーの匂いは、未だに混じり合えていない。

私たちはいつか、きちんと同じ空気を吸って吐き合える家族になれるのだろうか。

家族が増えた、ということを話したのは智《とも》くんにだけだ。絵美にも毬江《まりえ》ちゃんにも言っていない。わざわざ言うようなことでもないと思ったからだ。

そもそも、二人には父子家庭であること自体告げていない。私は、晴彦のように転校するわけでもなければ、名字が変わるわけでもない。言われたほうも、それがどうした、と反応に困るだろう。もっとも、智くんは絵美のお兄ちゃんでもあるから、いつかは絵美にも話がいってしまうんだろうけど。

智くんは、私に関するどんな些細なことも知りたがる。

靴のサイズを知っては、ちいさい足だなあ、とよろこぶし、席替えしたとあらば、いったいどのあたりなんだとか、周りにはどんな人がいるんだとか、根掘り葉掘りと訊いてくる。私の足は智くんの足ではないし、学年も違うのだから、そんなこと知ったってしょうがないのに、智くんは知りたがる。

だから、とっておきの秘密を打ち明けるみたいに、誰にも言ってないんだけどね、と前置きして、おかあさんと中二の弟ができたことを無難に簡潔に述べていった。

智くんはひと通り聞き終えた後、訳知り顔で、よかったじゃん、と言って、私の頭を撫《な》でてきた。

「よかったのかな」

今のところ、素直にそうは思えない。

見切り発車でスタートした生活に、誰も彼もがあわてて飛び乗って、まだ自分の座席も見つけられずにいる。大切なものを置いてきてしまった気もする。

「家族が増えるのはいいことだろ。それに、ちぐさの負担が減る。今まで家のことはぜんぶ、ちぐさがしてきたわけだし」

うんうん、とうなずく智くんに、曖昧《あいまい》に笑って返した。

私が父子家庭だと知った智くんは、どうやら家事のすべてを私が担っていると思っているふしがある。たぶん、智くんのうちでは、家事はおとうさんがするものじゃないんだろう。

でも、うちでは、家事は昔から悟くんがすべてやってくれていて、恥ずかしながら、洗濯機の正しい使い方や、野菜の相場なんて私にはさっぱりわからない。包丁は調理実習でしか使ったことがないし、作り置きがない日や、悟くんの帰宅が遅い日は、コンビニのおにぎりやお弁当ですませているのが実情だ。

けれど、智くんは、毎日のお弁当も私が作っていると信じて疑っていない。

悟くんお手製の肉じゃがを食べて、ちぐさは料理上手だ、なんてうれしそうにしていたときはちょっと笑いそうになった。

「でも、心配だな」

智くんがふと顔を曇らせた。

「心配？　なにが？」

「弟だよ。中二の弟ができたって言ってたじゃないか。そいつ、絶対ちぐさのこと好きになるよ」

深刻な面持ちに、思わず吹き出してしまった。よりによって、その心配とは。

「ないない。絶対ないよ」

「でも、絵美が持ってる漫画に出てくる義理のきょうだいってやつら、百パーセントの確率でくっつくぞ。それで、俺みたいなのは、相手がきょうだいだからって油断して、最後に泣きを見るんだ」

「それは漫画の話だよ」

でもなあ、と智くんは食い下がった。

「俺が中二のときにちぐさみたいな姉貴ができたら、絶対好きになるよ。かわいいしやさしいし、そんな女の子とずっと一緒に過ごしてたら夜もまともに眠れない自信があるね」

堂々と言い切られて、なにそれ、とこちらのほうが照れてしまう。

思ったことがすぐに顔に出て言葉になるのは健全な証拠だ。かわいさもやさしさも、私が智くんのためにこしらえたもので、それをふるいにかけず、そのままそっくり受け取れるのは、健やかに育ってきた証《あかし》だ。智くんのそういったところが、私はとても好きだ。

中三の夏、初めて絵美の家に遊びにいったときも、そうだった。

当時高校一年生の智くんは、なんやかんやと理由をつけては部屋にやってきて私の目にとまろうとしていた。顔には「好きになりました」と書いてあって、ほほ笑みかけると真っ赤になるし、目を逸《そ》らすとしょげかえっていて、そのわかりやすさにいとしさを感じた。

「とにかく、そういうのじゃないんだって。全然なついてくれないし、ずっと不機嫌そうに眉《み》間《けん》にしわ寄せちゃってさ。顔立ちは悪くないのに損してるよ、あの子」

「ふうん。そいつ、かっこいいの？」

「そこそこ。かっこいいっていうより、綺麗かな。色白で、しゅっとして、つるん、ってかんじ。左目のきわに涙ぼくろがあったりしてさ。雰囲気あるよ」

「涙ぼくろなら、俺にもあるだろ」

「智くんのそれはこめかみだよ。ま、智くんのほうがかっこいいから安心してよ」

笑って見上げると、智くんの熱っぽい瞳とぶつかって、あ、と思う。スイッチを入れてしまった。

右手が、骨張った手にすっぽりと包まれる。

「ちぐさ、テスト勉強はどう。はかどってる？」

声にすこし、緊張が混じっている。それに気づかないふりをして、うーん、とうなる。

「それなりかな。智くんは？」

「誰に訊いてんの？」

智くんがいたずらっぽく笑った。

智くんは賢い。テストの総合順位も、ずっと一桁をキープしている。それに、サッカー部のエースで、生徒会副会長。顔もかっこよく、素直で明るく友だちも多い。にくらしいほど、文句のつけどころがない人だ。

「俺はけっこう余裕あるしさ、もしちぐさが行き詰まってるなら、教えられるけど。なんなら、今からうち来てもいいし」

なんでもないようにさらりと言ったけれど、手は汗ばんでいるし、力が入りすぎている。親切心の下から漏れ出すもろもろを、隠し切れていない。ほんとうに、考えていることが丸わかりだ。

私だって、智くんと触り合うのは嫌いじゃない。

智くんは普段、部活に生徒会にと大忙しだし、こうやって一緒に帰れるのも、テスト前で部活が休みのときだけだ。付き合って一年ちょっと経つし、智くんの大きな手に顔を包みこまれるのも、あたたかい唇を押しつけられるのも、かがみこまれて抱きしめられるのも、好きだ。その先も、よくわからないけれど、智くんとならまあいいんじゃないか、と思う。

問題は、下着だ。

私の下着は、ちっとも女らしくない。

ブラジャーは昔、悟くんが買ってきてくれた布地のスポーツブラのままだし、パンツも綿製で、くたびれている。中学の途中で発育が止まって、特に不満もなかったから、それ以降買い換えることもなく高校に上がって、おどろいた。

大半の子は、こんなこどもっぽい下着なんて着けていなかった。量販店のワゴンから選ぶんじゃなく、みんな、ちゃんと下着の専門店にいって、好みの下着を選んでいた。

それから、レースや花柄の刺繍があしらわれた可愛らしい下着に密《ひそ》かに憧れたものの、悟くんにお小遣いをねだって買いにいくほどの気概はなかった。

その頃、洗濯をしてくれていたのは悟くんだ。ばれずに買い換えるのは至難の業だった。自分でこっそり洗うことも考えたけれど、ばれたときの居たたまれなさや、実際の手間を思うと、そこまでして欲しいとも思わなかった。

ところが、最近、そうも言っていられなくなってきた。

智くんと、そういう雰囲気になることが多い。

なる、というより智くんがその流れを作ろうとしていると言ったほうが正しいかもしれない。

ふたりきりになったらすぐに触りたがるし、キスのときも、前よりしつこく唇を合わせてくる。隙あらば体のすみずみまで触りつくしてやろう、という気配が以前よりも格段に濃くなってきた。

でも、こんな下着じゃ、絶対にだめだ。失望される。すぐに顔に出る智くんの、がっかりした様子が目に浮かぶようだ。そして、智くんはやさしいから、それを悟らせないよう振る舞うに違いない。そんなことをされたら、恥ずかしさで死んでしまう。

クラスメイトみたいに専門店で買えばいい話だけど、勝手がよくわからないから、ひとりで入るのは正直こわい。絵美は智くんに話が筒抜けだから論外として、他の友だちにだって、「下着のことがわかりません、ついてきてください」なんて、お願いできる気がしない。

洗濯の問題は瞳子さんが来てくれたおかげで解決したから、ほんとに、あとはもう、買うだけ、なんだけど。

「ちぐさ?」

「あ、ごめんごめん。範囲思い出してたんだけど、今回は自力でもいけそう。それに、今日、おかあさん出かけてるから、私が晩ご飯作らなくっちゃ」

「そっか。なら仕方ないな。また今度」
残念そうにつぶやく智くんの様子に、ほっとする。
私は案外、平気でうそをつける。だから、智くんとうまくやっていけるのだ。

家に帰ると、瞳子さんはほんとうに出かけていた。玄関には、白い運動靴が一足だけ。晴彦は帰ってきているようだ。

ローファーを脱いで、横に並べる。この間まではそのまま脱ぎ散らかしていたけれど、晴彦がやけにきちんと靴を揃えるものだから、なんとなくそれに合わせて揃えるようになった。

晴彦の靴は、意外と大きい。

今は私より背が低いけど、もしかしたらこの先抜かれるのかもしれない。つるつるとしたあのあごに、いつかひげが生えたりもするんだろうか。悟くんといっしょに、洗面台でひげを剃《そ》ったり?

想像もつかないし、大きくなられたら家が余計に狭く感じるから、できたら今のままでいてほしいなあ、と階段を上っていく。そのまま、正面にある部屋の引き戸に手をかけた瞬間、あ、違う、と気がついた。そういえば、夏休みの終わりから、晴彦に明け渡したんだった。

気づいても、戸をすべらせる手は止められない。ごめん間違えた、と謝ろうとして、目の前の光景に固まった。

晴彦が、ブラジャーを着けていた。

正座の状態から腰をすこし浮かせて前屈《まえかが》みになり、手を後ろに回して、ホックを留めている最中だった。

薄っぺらく真白い、ほくろがまばらに散っている上半身に、黒いブラジャーが吸い付くようにぴったりとはりついていて、体の一部のようにさえ思えてくる。

何度まばたきしてみても、目の前の光景に変わりはなかった。

「閉めろよ。寒い」

声をかけられて、はっとする。口が開いていたことに気づく。よだれが垂れかけていた。

閉めろ、と言われてそのまま閉めればよかったのに、私は何故かあわてて部屋の中に入って、後ろ手で戸を引いてしまった。その行動には晴彦も予想外だったらしく、は？　と眉根を寄せた。

「えっと」

なにか言わなくては、と焦る。

これはあれだ、あの、保健とか、道徳の授業で習ったやつだ。ＬＧＢＴってやつ。テレビドラマや漫画にはよく出てきていたけれど、実際に見るのは初めてだ。生まれもった体の性と心の性が異なるとか、同性を好きになるとか、そういうやつ。それに違いない。そうじゃなければ、ブラジャーなんて着けないはずだ。

「晴彦くんはさ」

「くん付け要らない。気持ち悪い」

ぴしゃりと言葉を遮《さえぎ》られ、うっ、と詰まる。そして、やっぱりそうだ、と思う。心が女の子だから、くん付けされることを嫌がるんだ。

慎重にいかなければ。

「……晴彦は、心が女の子なの？」

いとわしげな声音《こわね》にならないように気をつけて訊《たず》ねたつもりだったけど、晴彦の眉間のしわはいっそう深くなった。

「はあ？　なんでそうなるわけ？」

「その、それ、ブラジャー。着けてるじゃない。あの、あれ、ＬＧＢＴってやつなんでしょう。体がたまたま男の子のつくりになっちゃったけど、心の性は女の子で、みたいな」

目を泳がせながら説明したら、晴彦は意味がわからないとでも言いたげに、腰に手を置いて首をかしげた。

「おれ、どっちも男だよ。別にそのＬＧなんとかってやつじゃない」

「うそ」

「なに？　そうじゃなかったらブラ着けてちゃだめなわけ」

「だめじゃないけど」

いや、だめなんじゃないか。反射的に答えてしまったけれど、だって、ブラジャーって女性用の下着だ。

はっ、と閃《ひらめ》く。前にニュースで見たことがある。庭先から盗んだ下着をかぶっていた、アブナイおじさんが捕まったって。ブルーシートの上に並べられた押収品の映像が、鮮烈に記憶に残っている。もしかしたら晴彦は、ゆくゆくはそういうおじさんになる素質を持った人間なのかもしれない。

ごくり、とつばを飲み込みおそるおそる訊ねた。

「もしかして、そういう性癖の」

言い終わる前にクッションが飛んできて、太ももに当たった。

「ちげーよ！　ファッション！　ふつうにおしゃれでやってるんだよ！」

「うそ！」

思わず叫んでしまう。

「いったいブラのどこがおしゃれだって言うのよ」

「どこって……。デザインとか、形とか、おしゃれじゃん……。刺繍だって、すげえし……」

訊ねると、晴彦は意表を突かれたようで、途端に弱った声を出し、困り切った表情を浮かべた。一足す一がどうして二になるのかを説明させられているみたいだ。

その表情に、私のほうが焦ってしまう。あわてて、うんうん、とうなずいた。

「いや、そうだよね、おしゃれだよね。レースとか刺繍とかすごいし、着けてたら華やかな気持ちになるよね」

そんなブラジャー着けたこともないくせに、早口で肯定する。

否定だけは絶対にしちゃだめだって、先生も言っていた。わかってあげないといけない。変だな、なんて思っちゃいけない。

ブラジャーが、おしゃれ。

晴彦の言葉を、反すうする。

あんまり意識したことはなかったけど、確かに、晴彦が今着けている真っ黒のブラジャーはとても綺麗だ。なめらかで光沢のあるカップ沿いには、羽根のような刺繍が施されていて、それ自体は控えめだけど、質感が違うからか、ひと模様ごと、くっきりと目立つ。肩紐は、鎖骨の下あたりからカップの曲線と平行を保ちながら谷間まで流れ落ちている。合流地点のカップ同士の隙間は、五線譜のような細い紐でつながれていて、全体的に締まった雰囲気がかっこいい。クラスの女子でも、こんなブラを着けている人は見たことがない。

しばらく観察しているうちに、あることに気がついた。

「それ、もしかして、自分で買いにいったの?」

瞳子さんのブラジャーをこっそり拝借しているのだと思っていたけれど、それにしてはサイズが小さすぎる。洗面所で見たあの真っ赤なブラジャーのカップは、こぶし一つはゆうに収まるくらいあった。

晴彦が今着けているブラジャーは、伸ばしたてのひらをぴったりと胸に当てたみたいで、晴彦の骨や肉のラインに綺麗に沿っている。

「そうだけど」

晴彦が平然と答えた。

すごい勇気だ。

女の私でさえ、あのきらびやかな店構えに尻込みして乗り込めずにいるのに、中二の男の子が自分の好みのブラジャーを選んで購入するなんて。

それに、あの、ホックを留める慣れた手つき。

私はホックを留めるのが苦手で、手持ちのスポーツブラの中でも、ホックつきのものは敬遠してしまう。どうしてもそれしかない、ってときでも、胸の下で留めてから後ろにくるっ、と回していて、とてもじゃないけど、あんな風に後ろ手では留められない。ブラジャーに関して言えば、晴彦のほうが私よりよっぽど先輩だ。

先達《せんだつ》はあらまほしきことなり。

突然、その一文がぱっ、と脳内で再生された。

今回の中間テストの、古文の単元だ。兼好《けんこう》法師の、徒然草《つれづれぐさ》。確か、一人で行動したお坊さんが失敗する話。

どんなことでもその道の先輩がいてほしいよね、という結びに、絶対テストに出るよここ、とみんなでマーカーを引いた箇所だ。

先達はあらまほしきことなり。

いるじゃないか、先達。ここに。

「ねえ、中間テストっていつ終わる？」

「……今週の金曜には終わるけど」

突然の話題転換についていけないのか、晴彦は怪訝《けげん》そうな表情を浮かべている。

頭の中で、自分の学校のテストスケジュールを思いめぐらせる。今日が月曜日で一週間前だから、来週の水曜日には終わる。ちょうどいい。

「来週の土日、どっちか空いてない？　あ、それとも、部活とかある？」

よくよく考えたら、私は晴彦が転校先でどんな部活に入ったのかも知らない。部活も、星座も、誕生日も、なにが好きで、なにが嫌いかも知らない。というより、まともな会話自体これが初めてかもしれない。

「いや、ない。おれ、文化部だから、土日とか活動しないし」

「へえ、文化部なんだ。何部に入ったの？」

「生物部」

「生物部……。生物部ってなにしてるの」

「そりゃ生き物の世話したりとかだよ。っていうかなに？　土日がなんなの」

話が逸れてしまった。せき払いをして、仕切り直す。

「来週の休みにさ、私と一緒に買い物してくれない？」

「買い物？」

「うん。下着を買いにいきたいの」

晴彦が、ぽかん、と口を開けた。

眉間のしわが消えて、年相応の幼い顔つきになる。そのほうけた顔を眺めて、言葉が足りなかったことに気がついた。口早に説明を加える。

「私、かわいい下着が欲しいの。でも、今まで買いにいく機会がなかったの。だから、下着に詳しい晴彦についてきてもらえたら心強いな、って」

「一人でいけよ、そんなの」

すげなく断られた。

もっともだ。一人でいけるのなら、私だって一人でいく。

「勝手がわからないのよ」

「勝手もなにも、いって選んで試着して買うだけだぞ」

「それができないからこうやって頼んでるんだって」

気づけば、じりじりと後退していく晴彦をベッド際まで追い詰めていた。

「晴彦、お願い。私、恥ずかしい話だけど今までスポブラに綿パンとか着けてたわけよ。量販店のワゴンとかで売ってる、色気もへったくれもない下着をさ。高校生女子がそれじゃあちょっとまずいの、わかるでしょ。あんたも、ブラをファッションだって言うなら、自分の姉ちゃんがそんなださい下着つけてるの、嫌でしょ」

恥を忍んで実情をまくし立てる。

私のなりふり構わない懇願に気圧《けお》されたのか、晴彦はついに、まあいいけど、とうなずいた。

「土曜はおれ、出かけるから。日曜にして」

「わかった」

休みの日に出かけるような友だちいたんだね、という余計な一言はすんでのところで飲み込んで、お礼を言った。

『この説話の教訓を二十字以内で答えなさい』

出た。口元がゆるむのがわかる。

「どんな事にも、先導者がいてほしいものだ」と書きながら、ほんとうにそうだ、としみじみ思う。古文なんて、勉強してもいったいいつ役に立つんだと思っていたけれど、意外と今の生活に通ずるものがある。

解答の見直しをもう一度して、鉛筆を放した。

この科目で、中間テストは終わり。週末には、晴彦と下着を買いにいく。智くんに見せても恥ずかしくない、上等な下着を。

ふと、教室を見渡して考える。

このクラスには三十八人の生徒がいる。そのうち女子は十六人だ。

問題用紙の隅に、十六、と書いてみた。彼氏がいる子が半分として、八人。その中で、付き合っている相手に下着を見せるほどの関係になっている子は何人いるのだろう。半分くらいはいるんだろうか。

チャイムが鳴って、先生が、そこまで、と声をかけた。

がちゃがちゃと筆記用具を置く音がそこかしこから聞こえる。前の人に、裏返した解答用紙を渡す。集め終えた先生が教室から出ていくと、終わりのホームルームが始まるまで、みんな羽を伸ばし始めた。

「ちぐさ、お疲れ」

絵美に声をかけられ、問題用紙に書いた数字をそっと塗りつぶす。

絵美が、私の前の人の椅子を躊躇《ちゆうちよ》なく引いた。吉野さんの席だ。トイレにでもいっているのか、本人はいないが、戻ってきても退《ど》いてくれなんて言えないだろう。吉野さんはおとなしく、絵美はそういった子たちをあまり好ましく思っていない。

絵美は椅子に腰掛け、思いきり背伸びをして、陸上で鍛え抜いた足をコンパクトに組んだ。

耳にかけた髪の毛は短く、日に焼けた精悍《せいかん》な横顔はやっぱり智くんと似ている。

「今週の日曜、空いてない？」

「日曜？」

「俊くんの映画が公開なんだよねー」

絵美に代わって答えたのは、いつの間にか近くに来ていた毬江ちゃんだった。後ろからぎゅっと抱きしめられ、ふわふわの髪が頬をかすめる。どことなく湿った、甘い香りに包まれた。

「もうそんな時期だっけ」

「そうだよ。最近、番宣でテレビ出まくってるじゃん。ちぐさ、見てないの？」

「あー、そういやそうかも。出てた出てた」

俊くん、を記憶から引っ張り出す。確か、モデル出身の俳優だ。大きな垂れ目に、口角の上がった薄い唇、笑うとえくぼができる愛くるしい顔立ちで、体格のよさとのギャップがたまらない、と二人が言っていた。

今回の映画は、俊くんの初主演映画ということで、決まったときは二人とも大はしゃぎしていた。

「あたし、今週の日曜は午前練だけなんだ。マリも空いてるらしいし、三人で観にいきたいと思って。どう？」

「あー、ごめん。日曜は先約があるんだ」

「先約？　もしかしてトモ？」

「違うよ。家族と約束があるの」

絵美が顔をしかめたので、手を振って否定した。

こうやって感情がすぐに顔に出るところも、智くんにそっくりだ。

いや、智くんが絵美にそっくりと言ったほうが正しいかもしれない。先に、絵美のそういったところがわかりやすくて安心できて、友だちになった。智くんが絵美に似ていたから、付き合おうと思えたのかもしれない。

「親戚のとこでもいくの？」

だるそー、と毬江ちゃんの間のびした声が頭の上から聞こえる。

「まあ、そんなとこ。ごめんね、私のことは気にせず、二人でいってきてよ」

予定が合わないから今回はパス、のつもりだったのに、絵美は、なに言ってんの、と目をぱちくりさせた。

「そんなのまた今度にするに決まってんじゃん」

「そうだよちぐさちゃん、三人でいこうよ」

上半身に巻きつく毬江ちゃんの力が強くなる。

「でも」

「みんなでいったほうが楽しいんだから、変な遠慮しないでよ」

ねえ、と見つめられ、それ以上なにも言えなかった。

俊くんは、嫌いじゃないけど好きでもない。映画なんて、観たい作品を観たい人といけばいい。絵美と毬江ちゃんは観たい。私は観たくない。それなら、二人でいってくれるのが、どちらにとってもいいはずだ。

「ありがとう。ほんとにごめん、次はばっちり予定空けとくから」

拝むように顔の前で手を合わせて、片目をつぶった。

些細なことで私たちの輪はたやすく壊れる。こんなことで、手を放すわけにはいかない。

晴彦は。

あの子はクラスの中で誰かと手をつなげているんだろうか。

あれだけ偉そうで、近寄るなオーラを出していて、生物部なんてよくわからない部活に入っていて、おまけに転校生ときている。下手したらいじめられていたりするんじゃないだろうか。

いや、でも、土曜日は用事があると言っていた。ちゃんと、一緒に遊びにいけるような友だちがいるはず。きっと大丈夫だ。

ふと視線を感じて、教室を見回すと、吉野さんがうつむきがちに、こちらを見ていた。教室の入り口で困ったように一人、たたずんでいて、目が合うと遠慮がちに笑みを浮かべた。

「ちぐさ、ほら、見て！」

携帯で映画の予告動画を観ていた絵美に手招きされ、固まってしまう。

「ちぐさ?」

「あ、えっと、ごめん、ちょっとお手洗いいきたくて」

「そう? ならうちらもいこっか」

そう言って、絵美は携帯を片手に立ち上がった。

差し出された画面をのぞいて、かっこいいねえ、なんて言いながら、ふと、晴彦なら躊躇なく断るんだろうな、と思った。


「は? 一人で出かけるけど」

靴紐を結びながら、晴彦はこちらに背を向けたまま答えた。愛想のかけらもない。

「一人? 友だちと遊ぶんじゃないの?」

友だちと出かけるものだと思い込んでいたから、おどろいた声を出してしまった。すぐに、「いや、一人が悪いってことじゃないんだけど」と付け足す。

土曜日、階段から下りてきた晴彦と出くわして、ついつい好奇心から軽い調子で訊ねてしまったけれど、デリケートな問題だったのかもしれない。

「あんた、またしょうもないこと考えてるだろ」

指摘され、う、と声が出た。

私は智くんや絵美ほど考えが顔に出るタイプではない、と思っていたけれど、実はそうでもなかったんだろうか。どうも晴彦相手だと上手く隠せない。

それにしても、外で遊ぶって、一人で成り立つものなのか。いったいどこでなにをするつもりなんだろう。

「ねえ、私もついていっていい？　五分で着替えるからさ」

絶対に断られると思ったが、晴彦はすんなりと応じた。

「いいけど、きっかり五分しか待たないからな。早くいってこいよ」

「わかった」

急いで部屋に戻り、その辺の服をひっつかんで着替える。財布と携帯、リップクリームをかばんに入れて階段を駆け下りたが、晴彦の姿が見当たらない。

あ然とする。まさか。

いや、もしかしたらトイレにいったのかもしれない、と家の中を探そうとしたけれど、靴がないことに気づく。

ゴムつっかけを履いて、外に飛び出した。

一本道に晴彦の影はなく、あの後すぐに出ていったことがうかがい知れる。

はなから待つ気などなかったのだ。

「あの野郎」

思わず悪態をつく。

べ、と舌を出して走り去る晴彦の姿が目に浮かぶ。想像の晴彦をにらんでいると、はす向かいの柴田さんちの犬が柵近くまでやってきて吠え始めたので、あわてて家に戻った。

晴彦は夕飯前に帰ってきた。

がちゃがちゃと鍵を開ける音が聞こえて、リビングから飛び出す。仁王立ちでもして、文句の一つや二つ、言ってやらないと気がすまない。

玄関めがけて突進していったら、だらしなく履いていた靴下が、ずる、とずれた。

あっ、と思った瞬間には体が浮いていて、手が空《くう》を掻《か》く。おどろいた顔の晴彦が視界から消えて、気づけば目の前には晴彦の靴があった。

「ひえっ」

這《は》いつくばった私を見て、晴彦が素《す》っ頓狂《とんきょう》な声を出した。

心臓がばくばくと鳴っている。あまりの間抜けさに顔が熱くなる。

「晴彦ォ」

うめいて手を伸ばすと、晴彦はびくりと体を震わせ後ずさりした。腹這いになった女に、恨みがましい目つきで近寄って来られたら、誰だってそうなる。

手を伸ばしたのも、ただ助け起こしてほしかったからだったけど、晴彦にも後ろ暗いところがあったらしい。

「ごめん、おれ、そんなに怒らせるつもりじゃ」

おろおろとしながらも腰を折り、おっかなびっくり手を差し出して、顔に張りついた髪の毛を払ってくれた。その手つきがあまりにもやさしくて、口をぱっかり開けたまま固まってしまう。

「悪かったって。ほんとごめん」

なにも言わない私を見て、困ったように謝罪の言葉を重ねる。

「いったいどうしたの、ちぐさちゃん！」

騒がしい玄関の様子を見にきたのか、瞳子さんの仰天した声が後ろから聞こえた。なんだなんだ、と悟くんまでリビングから出てきて、どんどん大ごとになっていく。

「あの、ちょっと滑って」

「大丈夫？　ああ、もう、顔に傷が。ちょっと晴ちゃん、ぼーっとしてないで薬箱持ってきて」

瞳子さんに命じられて、弾《はじ》かれたように晴彦が走っていく。

助け起こされて、痛いやら恥ずかしいやらで顔が余計に熱くなる。

奥のほうから、薬箱ってどこ、という叫び声が響いてきた。

「あそこの部屋の、入って右にある二番目の棚よ」

「わっかんねえよ」

もう、と瞳子さんが私の背中から手を放して、晴彦を追いかけた。

見上げると、悟くんは、特に手を貸そうとするわけでもなく、最近すこし出てきたお腹の上で腕を組んだまま片足で立ち、つま先ですねを掻いていた。

「ちぐさ、鈍くせぇなあ」

あろうことかにやにや笑っている。口が大きくて、歯並びがいいものだから、ふつうの人の二倍ぐらい腹の立つにやにや笑いに仕上がっている。

「うるさいなあ、瞳子さんを見習ってちょっとくらい心配しなよ」

そう言ったものの、再婚してからの悟くんは、なで肩もいかり肩に変わってしまいそうなほど、まっとうな父親っぽく振る舞おうとしていて、正直気持ち悪かったから、このくらいでちょうどいい。横にあった姿見で顔を確認したけれど、頬骨のあたりをほんのすこし擦《す》っているだけで、傷自体は大したものじゃない。このくらいの怪我で大騒ぎするなんて、初心者っぽいなあ、と気恥ずかしくなる。

晴彦を引き連れて戻ってきた瞳子さんが、薬箱を手荒に開けた。

「ええっと、そうね、絆創膏《ばんそうこう》、いや、ガーゼかしら」

「先に消毒だって！」

「いだだだだだ！」

「あ、ごめん」

「量！　かける量おかしいから！」

晴彦の容赦のなさに抗議していると、瞳子さんがガーゼで消毒液を拭ってくれた。

「大丈夫？　痛くない？　晴ちゃんめったに怪我しないから、こういうのひさしぶりで」

ガーゼ越しに指の震えが伝わってきて、くすぐったい。

「これ、携帯。見た感じ壊れてはなさそうだけど、どう？」

廊下に転がっていた携帯を晴彦が拾ってくれた。作動を確認していると、智くんからメッセージが入ってきた。

『今日会える？　九時ぐらい』

「これでどうかしら」

「えっ？」

「他に痛むところはない？」

「あっ、うん。痛むところ、ないない」

鏡を見ると、傷の面積に対してかなり大判の傷パッドが貼られている。瞳子さんも晴彦も、えらく神妙な顔つきだ。

「ない！　ないから、大丈夫だから！」

照れくさい空気を振り払いたくて立ち上がったら、膝がつきん、と痛んだ。思わず「痛っ」と漏らすと、視界の端で、晴彦が消毒液のボトルを振り始めた。

急いで、「解散！」と叫んだ。

『今から家出るね』

メッセージを返して、そのまま、カメラの自撮りモードで、いーっ、と歯の隙間をチェックする。傷パッドがぐにゃ、と連動した。やっぱり、かなり目立つ。

智くん、きっと、こっちが恥ずかしくなるくらい心配するんだろうな、と頬がゆるむ。

「ちょっと出てくる」

リビングをのぞいて悟くんに声をかけた。

「智くんか？」

「うん」

「送ってもらえよ」

「はーい」

智くんの部活終わりに会うときは、私の家の最寄りのコンビニで待ち合わせするのがなんとなくの決まりになっていた。

智くんがそこまで来てくれて、近くの公園や駅前で一時間くらい話をして、家まで送ってもらう。

多忙な智くんと付き合う上でできたルールで、悟くんもわかっているから、いつも声をかけるか携帯に一言メッセージを入れれば、いっていいことになっている。

難色を示したのは瞳子さんだった。

「今から出かけるの？」

時計を見て、わざとらしく眉根にしわを寄せる。そうすると晴彦とそっくりだ。晴彦のあの仕草は、瞳子さんを見て育ったことで身についたものなのかもしれない。

「いつものことだから。ね、悟くん」

「まあな。大丈夫だって瞳子、いつも十時やそこらには帰ってくるんだから。きょうび、塾通いの小学生でももっと遅いぞ」

「そういう問題じゃないでしょ。こんな時間に誘われて出ていくのが当たり前、っていうのがだめなの。女の子なんだから」

こんな時間って、まだ九時前だ。自分たちはもっと遅い時間に会って、愛やらなにやらを育んでいたはずだ。私と晴彦が独りで夜をもてあましていたときに、ふたりは結婚までいくような密な語らいをしていた。

「そこのコンビニまで迎えに来てくれるんだし問題ないだろ。うちではずっとこうだったんだから。な、ちぐさ。いってこいいってこい」

「そういうのは持ち出さないって約束でしょう！　あなた、男親だったからって適当にしすぎなのよ。痛い目に遭うのはいつだって女なんだから、もっとちゃんとしないと」

「瞳子こそね、そういうのを持ち出すのよくないよ。ちぐさと智くんを、自分の傷に取り込むんじゃないよ」

「なによその言い方！　わたしは、ちぐさちゃんのことを思って」

「いってきます！　十時には戻るから！」

声を張って、振り返らずに玄関に向かう。ふたりがなにか言い合うのを聞きながらスニーカーに足をねじ込んで、自転車の鍵を持って飛び出した。

最寄りのコンビニまでは、自転車を飛ばせば五分ほどで着く。

秋の夜風は思っていたよりつめたくて、なにか羽織ってくればよかったと後悔しながらペダルを漕ぐ。

コンビニに着いて、適当に店内を見て回る。

何度か入退店を告げる音が鳴って、智くんがやってきた。

「ちぐさ、お待たせ」

お疲れ、と駆け寄って、どきり、とする。疲労と苛立《いらだ》ちが表情の端々《はしばし》に見え隠れしている。笑みを浮かべてはいるが、いつものような、晴れやかなものではない。部活か生徒会かで、なにかあったのだろう。

「なんか買う？」

「ううん、私はいいや」

「俺、飲み物買うからちょっと待ってて」

そう言って智くんはカフェオレを取って、レジに並んだ。ポイントカードを探しながら、こちらをちらりと見た。

「それ、どうしたの」

「ちょっと転んじゃって。見た目ほどたいしたことないから、大丈夫だよ」

「そっか。気をつけろよ。ちぐさ、女の子なんだから」

「うん」

次のお客様どうぞ、と声がかかり、智くんが会計に進む。

貰ったレシートをくしゃりと丸め、レジ横のレシート入れに捨てて、智くんが戻ってきた。

「お待たせ。あそこの公園でいい？」

「うん」

うなずいて、コンビニを出た。

近くの公園に入って、街灯に照らされたブランコに並んで腰掛ける。ぎい、と錆《さ》びた音が響く。

今よりさらに秋が深まると、イチョウが色づいて、黄色い絨毯《じゅうたん》が足元に広がる。雨上がりは銀杏《ぎんなん》臭くなるけれど、そこを除けば遊具や砂場も充実していて、いい公園だ。

小さい頃、悟くんとよく遊びに来ていた。このブランコにも、いつまで経っても立ち漕ぎができなくて苦戦した思い出が詰まっている。目を閉じると、にやにや笑いながら「そら立て！

今だ！」なんて声をかけてくる悟くんの姿が浮かんできた。

くしゃみをすると、智くんは、汗臭いけど、とブレザーの上着をかけてくれた。ぬくもりを感じながら、大丈夫、智くんはやさしい、と確認する。

「智くん、今日なにかあった？」

それとなく話を振ると、案の定、はあ、とため息をついて智くんは話し始めた。

「川谷和馬って知ってる？　ちぐさと同じ学年の」

確か、二組の子だ。眼鏡がよく似合っている、細くて背の高い男の子。細すぎて制服をもてあましているのは晴彦と同じだが、川谷くんは背が高い分、すらっとした印象がある。

「うん。あの眼鏡の、頭よさそうな子だよね」

「頭よさそう、ねえ」

鼻で笑う様子に、胸が騒ぐ。

「あいつ、サッカー部なんだけど」

「うそ」

グラウンドより、図書室や美術室にいるほうがしっくりくる。土埃《つちぼこり》が舞う中、声を張り上げて汗だくで走り回っているイメージはない。

「ほんと。あいつ、マジで空気読めなくて、なにか意見したらカッコイイとでも思ってんのか、いちいちつっかかってくるんだよ」

智くんの横顔が暗く翳《かげ》る。

「今日のミーティングが延びたのも、川谷のせいなんだ。この前、先輩たちの引退プレゼントを二年生何人かで選んで買っといたんだけど、今日、一人五百円ずつ集めるって言ったら、あいつ、いきなりキレだして」

そこで言葉を切って、苦い表情を浮かべた。

「払わないって言うんだよ。『金銭関係のことを事後報告ですませるのは納得がいきません。僕は払いたくなくて抗議しているわけではありません。僕ら一年の意思が無視されたことに対する憤《いきどお》りを表明しているのです』だってよ。確かに前もって言わなかったのは悪かったけど、あいつ以外みんな払うって言ってんだから空気読めよな。たかだか五百円でたいそうなこと言ってんじゃねえよ」

どんどん語気が荒くなる。余程揉《も》めたんだろう。智くんがここまで悪く言うのだから、今までにもきっと何度かこういうことがあったに違いない。

確かに、ちょっと面倒くさい。

五百円くらい、さっと払ってしまえばいい。やれと言われたらやるしかない体育会系にまるで向いていない。

たぶん、川谷くんだってそこら辺はわかっている。わかっているけれど、どうしても流されきることができなかったんだろう。

他人からすれば些末《さまつ》な、くだらないことでも、自分にとってみたら譲れないことって、きっとある。それが多ければ多いだけ、生きづらくて、傷《いた》みやすい。

「大変だったね」

当たりさわりのない返事をすると、智くんがまた、鼻で笑った。

「そもそも、なんであんな陰キャラがサッカー部に入ってんだ、って話だよな」

なにも言えなくて、軽く地面を蹴ってブランコを漕いだ。

陰キャラ。強い言葉だ。静かで目立たない人たちをバカにする、言葉。

智くんが、友だちが、クラスの子がなんの躊躇《ためら》いもなくそれらの強い言葉を平気で口にするとき、私は自分が言われたわけでもないのに、きゅっ、と身を縮こまらせてしまう。倫理的に憤りを覚えるというよりは、単純に、自分たちが強い側にいることに無自覚な人が、こわい。

彼らがつくる「ふつう」は、いつだって私を刺せる。刺すつもりもなく、刺せる。

中学二年生のときだ。

夏休みの予定を絵美たちと立てていたときに、私は悟くんと旅行にいくという話をした。行き先は尾瀬《おぜ》で、その四日間をとても楽しみにしていた。学校にこっそり持っていった携帯で尾瀬の風景を見せて、「おとうさんといく」と自慢した。青々とした山並みや、咲き乱れるニッコウキスゲ、どこまでも歩いていけそうな木板の道を見せて、こんな素敵なところにいけるなんていいなあ、と言われたかった。

絵美たちの反応は、思いもよらないものだった。

「中学生のうちはいいけどさあ、高校生になったら父親と二人で旅行とかやめなよね。ださいじゃん」

笑いながら言われて、そうか、と気づいた。

私にとっては、悟くんとの旅行は家族旅行だ。けれど、絵美にとって、それは家族旅行ではなかった。

そのとき、ひどく傷ついたかというと、そうでもなかった。家族の人数が違うというのはこういうことなのか、とおどろいただけだった。

ただ、なんとなく、予感がした。

これから私は、何度となく、さらりと、ふつうの輪から外れていることを突きつけられるのだろう。通り魔に刺されるみたいに、予想もしないタイミングで、あっという間に傷つけられてしまうんだろう、と。

その年の末、絵美は両親と智くんと遊園地にいっていて、見せてくれた写真の中で楽しそうに笑っていた。

智くんは、かっこよくて、友だちもいっぱいいる。頭もよくて、サッカー部や生徒会に入っていて、いつもみんなの中心にいる。

そういう人だけが使える、使ってしまうような言葉を、智くんには使ってほしくなかった。

よくないよ、って言えればいいんだろうけれど、黙って手を握ることしかできない。私のおそれがすこしでも伝わればいい、と思ったけれど、智くんは私が元気づけようとしたと勘違いしたのか、ブランコごと抱き寄せてきた。

「ああ、やっぱり、ちぐさといると癒される」

うなじになまあたたかい吐息《といき》がかかってくすぐったい。

ブランコのつめたい鎖が左腕に食い込んできた。もぞもぞと動いて、なんとか体勢を変えようとしたけれど、ままならない。

そうこうしていると、智くんの顔が近づいてきたので、おとなしく目を閉じた。

すこしかさついた唇が触れ、すぐに湿り気を帯びる。頭の芯がぼおっとする一方で、ブランコからずり落ちないよう下半身の筋肉を総動員して力士のように踏ん張ってしまう。

行為との落差がおかしくて、つい、笑ってしまった。

「なに？」

熱っぽい目の奥に、不快感と、かすかな不安、羞恥《しゅうち》の揺らぎが見えて、ぎくりとする。

ごめん、と謝るより早く、智くんが勢いよく覆い被《かぶ》さってきた。

今度は後ろに倒れないよう、腰に力が入る。苛立ち任せの噛みつくようなキスに怯《ひる》んで顔をずらそうとするけれど、頭の後ろに手を回されていて拘束から逃れられない。頭皮に食い込む指の力に、レスラーが林檎を素手で砕いているイメージがよぎる。

歯の隙間から舌がぬるりと入ってきたのと同時に、智くんの手が脇腹をさまよって、服の中に入ってきた。シャツを握っていた手を放してこぶしを作り、智くんの胸を軽く叩いたけれど止まらない。胸元まで手が上がってきた瞬間、思いっきり突き飛ばした。

智くんはびくともしていなかったけれど、私の体を支えていた右足が砂地を滑り、力が行き場を失ってブランコから落ちそうになる。

智くんは、はっ、と正気に返ったように私の腕を掴んで引き上げてくれた。

「ごめん」

申し訳なさそうな声に、あわてて謝り返す。

「私のほうこそ、ごめんね。ちょっとびっくりして」

「いや、俺が悪いよ。そりゃ嫌だよな、こんなところでこういうの。いきなり悪かった」

ひどくわかりやすく落ち込んでいる智くんに、なにか言ってあげようかと口を開いたけれど、結局なにも言えなくて沈黙が落ちる。

「冷えてきたし、帰ろうか」

気まずい空気を振り払うように智くんが立ち上がり、ほっとする。

「送るよ」

「いいよ。まだ早いし、大丈夫」

「それとこれとは別だから」

智くんが、きっぱりと言い切った。

それとこれとを分けて考えられる智くんは、おとなでやさしい。

大丈夫。大丈夫だ。

帰り道は、智くんが自転車を押してくれた。

かごに智くんの部活用のバッグを載せて、ゆっくりと歩いていく。

智くんは、引き続き、川谷くんがいかに部活で浮いているかという話をずっとしていた。せわしなく息を吸って吐いてを繰り返して、苦しそうだった。でも、しゃべらなければ、もっと苦しくなるとばかりに、余念なく川谷くんの性悪エピソードを語り続けていた。

私も私で、へえ、とか、そうなんだ、とか、曖昧な返事しかできず、智くんをしゃべらせ続けてしまった。

家に着く頃には智くんは疲れ切っていて、「なんで俺、ちぐさといるのにずっと川谷の話してるんだろうな。実は好きなのかな」とつぶやいていて、私は、ほんとだよ、と笑った。すこしだけ、いつも通りの空気に戻って、ふたりとも肩の荷が下りるのを感じていた。

借りていたブレザーは、家の前で返した。

袖を通しながら、智くんは二階を見上げた。

「ちぐさの部屋って、前のまま?」

「ううん、今は弟の部屋になってる。私はその隣に移ったよ」

「なんで？　ちぐさが動く必要ある？」

「隣の部屋、わりと広いの。もともと私の本棚や衣装ケースを置いてて、今さら部屋には入れられないし、そっちにいったらどうかって」

「ああ、そうだっけ。確かに本棚なかったな、ちぐさの部屋」

そうか、と納得したのかどうなのかわからない曖昧な調子で、智くんが浅くうなずく。

「弟、また今度紹介してよ」

いつかね、と答えたけれど、なんとなく晴彦には会わせたくなかった。


鍵を開けて中に入ると、リビングから悟くんと瞳子さんの笑い声が聞こえてきた。出かけるときは私のことでけんかになりかけていたのに。

おとなにはおとななりの体裁ってものがあって、それは、こどもがいなくなれば守らなくてもよくなるものなんだろう。

階段を上って、立ち止まる。

「晴彦」

部屋の前で呼びかけると、しばらくして、なんだよ、と声が返ってきた。

「入ってもいい？」

「……べつにいいけど」

戸を引くと、晴彦は正面にあるベッドの上に座り、壁にもたれていた。文庫本を手にしていて、どうやら読書中だったようだ。

後ろ手に鍵をかける。私と晴彦しか、ここにはいない。

床に座って、ベッドにもたれた。前に入ったときは余裕がなくてよく見ていなかったが、青と白を基調としたこの部屋は、もう晴彦の国だった。

「なんだよ」

なにも言わない私を気味悪く思ったのか、晴彦は本を読むのをやめて、こちらを見た。

「わかんない」

どうしても、このまま自室に戻る気になれなかった。

「……あんたさ、その、顔に傷」

ばつの悪そうな声が途切れる。不審に思って視線を上げると、晴彦は肩を揺らしていた。笑っている。

「はあ?」

思わず声を荒らげてしまった。

智くんの気持ちがよくわかった。いきなり笑われるとおどろくし、不安になる。

はじめは遠慮がちにくつくつ笑っていたのに、しまいには腹を抱えてげらげら笑い始めた。

「だ、だめだ、今になって思い出してきた。あのときのあんた、すげぇゾンビだった。か、髪くわえて『ハルヒコォォォ』っておっかなすぎ、お、おれマジで漏らすかと」腕を口に押し当てて、体を折り曲げて苦しそうにひいひい笑っている。

怒ろうかと思ったけれど、顔を真っ赤にして笑っている晴彦を見ていると、ささくれが消えていくようで、笑いすぎだよ、なんて言って軽くこづく程度にとどめる。嫌がられるかなと内心どきどきしたけれど、晴彦は特に振り払うそぶりも見せず、悪い、と目尻に浮いた涙を拭った。

この勢いならいけるかもしれない、とさりげなく切り出してみる。

「ねえ、晴彦。私、あんたのブラジャー見てみたい」

一瞬押し黙ったものの、いいよ、と短く答えて、晴彦はクローゼットの奥から、籐編《とうあ》みのかごを取り出した。中には十枚ほどのブラジャーがきちんと揃えて並べられていて、そのすべてを取り出してくれた。

この前着けていた黒のブラジャーに、紺地にビビッドなオレンジの線が入ったもの、黄緑色に白やピンクの花が散っているものと、どれも繊細で緻密なつくりをしている。

「これ綺麗だね」

ふじ色のブラジャーを指す。一つ一つ形や大きさが微妙に異なる蔦《つた》の葉模様のレースが谷間のラインに沿ってつけられていて、よく見ると、その隙間にも小花の刺繍が施されている。カップの部分はすこし透けていて、さらに薄いふじ色のレースが全体を覆っている。ため息ものだ。

「目がいいな。インポート物で、いちばん高かった」

「へえ。いくらくらい？」

「もらったお年玉全部使った」

目をむく。すごい情熱だ。ほんとうにブラジャーが好きなんだ。

ふと、あることが気になった。

「ねえ、これって、洗濯はどうしてるの？」

「どうって？」

「や、えっと、洗濯物に混ぜてるのかな、って」

「ああ、そんなの、手洗いだよ。っていうか、ブラジャーは手洗いが基本だろ」

「そうなの？」

「生地がデリケートだから、傷みやすいんだ。大事にしないと」

晴彦が、細い紐にそっと指を絡《から》める。どこを見ても、ほつれやよれ、黄ばみは一切ない。ふっくらとしたカップは、いいでしょ、と誇らしげに胸を張っているようだ。

「そういや、パンツはどうしてるの？」

「男物だよ。女物ははき心地悪いし、見てるだけでいい」

「そうなんだ。でも、こういうのって上下セットで着てこそおしゃれ、って感じしない？」

「まあな。でも、おれ、単純にブラジャーの形が好きなのかもしんねえ。上半身に締まりが出るっていうか」

「なるほどねえ」

邪険にせず、至ってふつうに答えてくれるものだから、私もそのままの調子で訊ねてしまった。

「学校には着けていくの？」

瞬間、晴彦の顔から一切の表情が消えた。

沈黙が続いて、私は、ひどくたちの悪い質問をしてしまったことに気がついた。

晴彦には、ちゃんと自覚があった。

男の子がブラジャーを着けるのは「ふつうじゃない」とわかっていた。それでも、高圧的な態度で平然を装うことで、これは変なことじゃないんだと自分を守っていた。

学校になんて、着けていくわけがない。でも、それを認めることは、晴彦の敗北を意味する。私が晴彦に言わせようとしたことは、そういうことだ。

謝ってはいけない。とにかく話題を変えなくてはならない。

そう思ったけれど、頭が真っ白になってしまって、なにも出てこない。晴彦もなにもしゃべらない。身じろぎもせず、息さえもしていないように見える。あ、とか、お、とか、発しようとした音が沈黙に吸い込まれる。いたずらに息を吐き続け呼吸が苦しくなる。戻り方がわからない。

そのときだった。

「晴ちゃん、ちょっといい?」

瞳子さんの声と同時に、がんっ、と鈍い音が響く。鍵をかけているから当然だ。間髪容れず、二度、三度、がんっ、がんっ、と鍵のかかった戸を横に引く音が鳴る。

せっかちだなあ、と立ち上がろうとした私の脇を、晴彦が四足歩行に近い動きで猛然と走っていった。

その動きに呆気《あつけ》にとられたものの、床に並べられたブラジャーの存在を思い出し、引っつかんで、手近な衣装だんすに押し込む。

晴彦は慎重に鍵を開けて、一つ息をつき、戸を引いた。

晴彦の頭越しに瞳子さんと目が合う。

次の瞬間、瞳子さんは力強くでたらめな手つきで目をこすり始めた。根元から引き剝がされてしまうのではないかというほど、皮膚がぐにゃぐにゃと動かされている。あまりの乱暴さに「瞳子さん!?」と悲鳴を上げる。

十秒ほど経ち、ぱっ、と手を離した瞳子さんは、何度かゆっくりまばたきをして、ああ、ちぐさちゃんね、と吐息を漏らした。

「晴ちゃん」

瞳子さんが首を突き出し、晴彦を見下ろした。

「鍵かけてたわね」

「……ごめん」

「どうしてかけたの？　ママと約束したわよね。鍵はかけないって。他はどんなことしてもいいから、部屋の鍵はかけないって。どうしてそんな簡単なことが守れないの。約束が守れない男は嫌いって、ママ、言ったわよね」

長い髪と、感情をそぎ落としたような無機質な声が晴彦に覆いかぶさる。

見たことのない瞳子さんの姿に面くらってしまい、晴彦と瞳子さんを見比べる。

「ごめん」

「謝ってほしいわけじゃないの。謝ったらすむと思ってるでしょう、なんでも。そういうところが似てほしいわけじゃないの。似てほしくないの。どうして鍵をかけていたのか、って、ママ、訊いてるのよ」

瞳子さんが、口早に晴彦を問いただす。

晴彦は黙ってうつむいたままだ。

そりゃそうだ。答えようがない。どうしてもなにも、鍵をかけたのは私だ。それに、ひとりの人間なんだから、鍵をかけて守りたいことの一つや二つはある。謝っている晴彦も、謝らせている瞳子さんも意味がわからない。

というか、似てほしくないって、誰に？　そのせいで、晴彦は今怒られているってこと？　晴彦は晴彦なのに、そんな理不尽なことある？

呆然としながら、晴彦のちいさく丸まった後ろ姿に目をやる。背中しか見えないけれど、晴彦が怯《おび》えているのがわかった。

「私がかけたんです」

気づけば、立ち上がって叫んでいた。

「癖で、かけちゃったんです。自分の部屋にいるときみたいに。うちは、べつに、かけてもよかったから」

知らず、敬語になっていた。

瞳子さんは、そう、と短く答えて、にっこり笑った。

「晴ちゃん、家庭訪問のプリント、出してないでしょう。家の都合もあるんだから、早く見せてもらわないと」

「……後で持っていく」

「ママの情報網舐めちゃだめよ。こっちに来てまだ日は浅いけど、もう戸塚くんのママや笹野くんのママとだって仲良しなんだから」

「……わかったから」

「ね、二人とも晴ちゃんのクラスの子でしょう。ちゃんと仲良くしてる？」

「今から探して、持っていくから、もう、」

「ちぐさちゃん」

晴彦と話していたはずの瞳子さんに不意に声をかけられて、びくりと肩が跳ねる。

「晴ちゃんと仲良くしてくれてありがとう」

そう言って、嬉しそうに笑う瞳子さんは、私の知っている、いつもの瞳子さんだ。心の底から私たちが仲良くしていることに満足して笑っているように、見える。かすれた声で、うん、と応える。

「でも、晴ちゃんの部屋で、鍵は、かけないでね」

はい、と言いかけて、いや、言うもんかと口を引き結んだけれど、同じ笑顔のまま見つめ続けてくる瞳子さんに屈して、結局首を縦に振ってしまった。

瞳子さんが出ていった後も、晴彦はこちらに背を向けたまま動こうとしなかった。なにか訊くべきなのか、なかったことにするべきなのか、判断に迷って、棒立ちのまま視線をさまよわせる。

ややあって、晴彦がぽつりとつぶやいた。

「父親、寝取られたんだよ」

「そう、なんだ」

「おれが小四のときだから、四年前か。かあさんの実家に帰省した後、予定より一日早く家に帰ってきたんだ。列車の遅延で、家に着いたの、夜中過ぎだった。とうさん、出張だって言ってたのに、玄関に靴が、女物の、靴も、あって。部屋には、鍵がかかってた。かあさん、とうさんが観念して出てくるまで、開けろ開けろ、って、ずっとドア、叩き続けてたんだ。相手の女、誰だったと思う」

「知り合い？」

「ああ」

「親友とか」

「惜しい。妹だよ」

「妹……」

旦那さんと妹が、自分の家で。

もし智くんが、と置き換えかけて、やめる。たぶん、比じゃない。これから先、一生のうちに、それほどの裏切りに遭うことなんて、あるんだろうか。痛みも憎しみも、今の私じゃ、想像すらできない。

「それ以来、かあさん、部屋に鍵かけられたら、ああなるんだ」

振り返った晴彦の顔は疲れ切っていて、中学二年生の男の子のそれではなかった。

大丈夫？　とか、大変だったね、とか。どれもふさわしくないような気がして、かける言葉が見つからない。

散々悩んだすえ、出てきたのは、うちも、という言葉だった。

「うちのおかあさんも、どこかの男の人を好きになって、出ていっちゃったよ」

私が三歳のとき、おかあさんはいなくなった。ドラマのように、ボストンバッグに荷物を詰め込んだおかあさんの背中を玄関で見送り立ち尽くす、なんてこともなく、気がつけば家からいなくなっていた。

当時はそれなりに大泣きしたらしいけれど、全く覚えていない。小学校に上がる前に、なにかの手続きで近くまで来ていたそうだけど、悟くんはいけともいくなとも言わなくて、結局いかなかった。それが最後だ。

「傷の舐め合い婚だねえ」

ねえ、と同意を求めると、晴彦はさっきまでの萎縮《いしゅく》ぶりがうそのように、威勢よく鼻を鳴らした。

「気持ち悪い。おれらは恋愛の付属品じゃないんだ。やりたいだけならホテルですませとけよ」

「やめなよ晴彦」

思わず、強い口調で咎《とが》めた。

なんとなく、晴彦にはそういうことを言ってほしくなかった。

中学のとき、男子たちがにやにや笑いながらカタカナで発していたそれらから遠いところに晴彦はいるような気がしたし、いてほしかった。

「私は、瞳子さんに付属品があってよかったよ。瞳子さん、悟くんより料理下手だし、闇が深そうだし。今のところ、この人がいてよかったって思うところ、あんまりないもん」

言いすぎている自覚はあったけれど、手心を加える気にはならなかった。

瞳子さんは、晴彦の親だ。晴彦は、瞳子さんのこどもだ。その意味をはき違えるのは、いつだって親のほうだ。

「晴彦がくっついてきてくれてよかったよ」

ねえ、と笑いかけると、晴彦はまた、ふん、と鼻を鳴らした。


翌日、私と晴彦はお昼ご飯を食べてから家を出た。

階段を下りると、晴彦は玄関で体を折りたたみ、革靴のかかとに靴べらを入れていた。

「偉いねえ、それ、ちゃんと使うんだ。私も悟くんも使ったことないよ」

「偉いっていうか、靴をだめにしたくないだけだ。あんたもちゃんと使え。かかとをつぶすな」

ほら、と晴彦が差し出したときにはすでにスニーカーのかかとを踏んづけて、ぐりぐりと足をねじ込んだ後だった。

あは、と笑うと、晴彦があきれたように腰に手を置いて息を吐いた。

「あんたさ、身の回りの物、もうちょっと丁寧に扱いなよ」

「丁寧？」

「今の靴もそうだけど、シャツのボタンなんかいつ見ても取れかけてるし、プリーツがつぶれるのもおかまいなしに制服のスカート放り投げてるだろ」

意外とよく見ている。おどろきながら、素直にうなずく。

晴彦は、自分の体に合う物をきちんと知っている。自分で選んで、選んだ以上、大切にして生きている。与えられたものだって、そうだ。あれだけ裾を引きずっていた制服のズボンも、気づけば丈はぴったりになっていて、訊けば、自分で裾直しをしたという。

すぐに背が伸びるわけでもないし毎日このままじゃ気持ち悪いだろ、と当たり前のように言っていたけど、絶対に当たり前じゃない。本人には言わないけれど、晴彦のそういうところを私は尊敬している。

今日の服装も晴彦によく似合っていた。

白いカットソーの上にベージュのロングカーディガンを羽織っていて、くるぶし丈の黒いスキニーは、線の細さをかっこよく見せている。中学生にしてはおとなっぽい装いだが、中性的なたたずまいで上手く着こなしている。

「おれ、秋も花粉症持ちなんだ」

顔の半分以上を覆うマスクをつけて、唐突に晴彦が言った。

そうなんだ、と合わせる。

最近、鼻をぐずぐずさせ始めた瞳子さんが、言っていた。このつらさ、うちじゃ誰とも分かち合えないのよね、と。

花粉症であることが晴彦にとって都合がいいのなら、私は、片ぼうをかつぐ。なるべく、自然に。

「大変だねえ。気の休まる季節があんまりないじゃん」

「まあな」

一緒に外に出て、どこにいくのか決めていないことに気がついた。

「ねえ、そういえば、今からどこにいくの」

「崎央《さきおう》のエムズモール」

「えっ」

崎央駅はここらの中心部で、エムズモールと言えば崎央の中でも最大のショッピングモールだ。服屋以外にも、映画館やボウリング場なんかの娯楽施設がエムズに集まっているから、出かけるたび誰かしら知り合いに出くわすのが当たり前になっている。

「エムズじゃなくって、もっと他のところじゃだめなの?」

「他のところ?」

「うん、もっと」

出かけた言葉を飲み込んだ。

「……知る人ぞ知るお店とかさ。晴彦、そういうの詳しそうじゃない」

「知らないわけじゃないけど、あんた、下着に一万円も出せないだろ。何店舗か入ってるし、価格帯も品揃えも、あそこがいちばん適当なんだよ」

そう言って、晴彦は一本道をずんずん進んでいく。追いかけるしかなかった。


エムズの二階、いつも横目でちらちら見るだけで、ついぞ踏み込めなかった店に、晴彦はこともなげに入っていった。

あわてて後を追う。店内は、外から見るより広かった。照明が過剰なまでに明るい。下着下着、どこを見ても下着だ。目がちかちかする。スポーツブラなんかとは比べものにならない可愛さと、輝きにあふれていて、目移りしてしまう。

「ほら、選べよ」

晴彦にせっつかれて、とりあえず端から見ていく。

男の人が好きそうな下着ってなんだろう。ピンクや黄色がベースの花柄ブラなんて、こどもっぽいだろうか。

見回すと「とびきり谷間メイク」と書かれた、セクシーなブラジャーが目に飛び込んできた。近づいてみると、黒いレースの下に、ワインレッドの生地が透けて見える。目を凝《こ》らすと、カップには何匹もの蝶が縫い止められていた。

そっと触って、パッドの厚みにおどろく。

「ねえ」

手招きして呼び寄せる。

「なに？　決まった？」

「サイズってどう選ぶの」

晴彦があんぐりと口を開けた。

「あんた、自分の胸のサイズも知らないのか」

あきれたように言われて、顔が熱くなる。それでも、絵美や毬江ちゃんに言われるよりよっぽどマシだった。

「だから、今まで着けてたのはSとかMとかのサイズ表示なんだって。こんなぶ厚いパッドが入ったやつなんか着けたことない」

早口でまくし立てると、晴彦はなるほど、とあごに手を当てた。

「で？　普段はどのサイズ着けてるんだ」

「Mだったと思う」

「ならCの70くらい持っていけよ。そんで、中で測ってもらえ」

「測ってもらう？」

「店員が測ってくれるんだよ。自分の胸のサイズがわからなきゃなにも買えないぞ」

「わかった」

胸の大きさなんてどう測るんだろう、と思いながらも店員さんに声をかけると、試着室に案内してくれた。

店員さんがカーテンを開けると、左右に一つずつ個室があって、それぞれにまたカーテンがかかっている。

「こちらへどうぞ」

向かって右側の個室に案内され、着け終えたら壁に埋め込まれたボタンを押してほしいと説明される。

急いで、シャツとタンクトップを脱ぎ落とす。値札を避けながら胸の前でホックを留めて、くるりと後ろに回す。両肩に紐をかけ、振り返る。鏡を見て息をのんだ。

顔から下が別の生き物みたいだ。

左右からぎゅうぎゅうと押された胸は盛り上がって、宣伝文句通り、見事な谷間ができている。自分のものとは思えないその谷間に人さし指を入れ、すぽすぽと抜き差しして、おお、と声を上げる。

ボタンを押すと、店員さんが、失礼します、と流れるような動きでカーテンの隙間から滑り込んできた。

「サイズはいかがですか？」

「きつくはないと思うんですけど」

むしろ、肩紐のところが浮いているような気がする。

「ではお胸のほう、失礼いたしますね」

白い手袋をつけて、にっこり微笑む。おむね？　と戸惑っている間にも、背中に手を当てられ前屈みの姿勢を取らされる。

次の瞬間、脇の下に手を入れられた。わっ、と声が出そうになる。

躊躇いのない手が、じっとりと汗ばんだ腋《わき》を撫でる。てきぱきと、そして容赦のない手つきではみ出ている肉をカップの中に押し込んでいく。

申し訳なさと恥ずかしさで頭が沸騰しそうだ。こんなことをするなんて聞いてない、と心の中で晴彦に当たる。

まっすぐに立たされ、肩紐を調節されると、浮いた感覚が消えた。

「いかがですか？」

「あ、はい。ぴったりだと思います」

「では、念のためサイズを確認させていただきますね」

そう言って、胸がいちばん突き出ている箇所と、その下のワイヤー部分に巻き尺をまわして、数字をメモしていく。

「トップ85、アンダー70なので、そうですね、お客様の胸のサイズはCの70でぴったりだと思います。お色違いもございますが、お持ちいたしましょうか」

はきはきした説明に、いえ、あの、と答えに窮《きゅう》していると、慣れているのか、店員さんはにっこり笑って、またなにかありましたら、と出ていった。

えらいことだ、とその場に座り込みそうになる。

この短時間でかなり消耗してしまった。みんなほんとうにこんなことを平気でしてもらっているのだろうか。絵美も毬江ちゃんも晴彦も。

いや、晴彦は自分でできるか。人の胸のサイズも当てられるぐらいだ。

壁に貼られた『ブラジャーの正しいつけ方・測り方』『サイズ表』を、急いで携帯のカメラで撮る。これさえ覚えれば、私も自分でできるかもしれない。プロの人に測ってもらったほうがいいんだろうけど、あんなところをあんな風に触られるなんて、前もってわかっていたら、なおさら無理だ。カップの中に入ってきた指の感触がいつまでも消えない。

いや、でもでも。あのぐらいで怯《ひる》んでちゃ、智くんとどうこうなんて夢のまた夢だ。そのために新調しに来たのだから。同性の店員さんの業務的な接触ぐらい、軽く受け流さないと。この下着を買えば、買ってしまいさえすれば、もう断る理由はないんだから。

「終わったか？」

カーテンのすぐ外から晴彦に声をかけられて、はっと我に返る。着替えることもなく下着姿のままぼんやりとたたずんでいた。

それにしても予想以上に近い。待ってくれているとしても、もう一つ外側のカーテン前にいると思っていた。

「終わったよ。サイズ、晴彦の言う通りだった」

「そりゃよかった。じゃあ開けるぞ」

「えっ」

反射的にカーテンを押さえる。

「待って、開けるってなに？　なんで？」

「客観的な意見が欲しいんだろ。そのためにおれを連れてきたんじゃねえの」

それは、確かにそうだ。正直なところ、このブラも似合っているかどうかがよくわからない。こんな黒とワインレッドの色味のものなんて普段身に着けないし、買おうとも思わない。自分の顔に誰かの体を無理やりくっつけたみたいで、鏡に映る姿は、セクシーというよりなんだかグロテスクだ。

数秒葛藤して、決めた。

「わかった。開けてもいいよ」

お腹に力を入れて、できるだけへこませてから声をかける。

しゃっ、と店員さんよりも思い切りよくカーテンを開けて晴彦が姿を現した。

マスクをしていてもわかる。晴彦は顔色一つ変えていない。鑑定人のような、鋭く、私情の感じられない目つきで私の胸を見ている。

すごい。晴彦は本物なんだ。

羞恥よりも感動が上回っていくのがわかる。

晴彦は、ふつうの男子中学生じゃない。言葉と行動が誠実に結びついている。

胸の大きな子を指さしてにやにや笑ったり、女の子にかばんのたすき掛けをためらわせるような、馬鹿な男の子じゃない。ほんとうに、ファッションとしてのブラジャーを愛している。

彼を前にして、恥ずかしがるほうが、恥ずかしいことだったんだ。

「どうかな。似合ってる?」

「似合ってはいない」

ばっさりと切られた。

「ちょっと待ってろ」

しばらくして戻ってきた晴彦は、水色の布地に細かなドットがプリントされたシンプルなデザインのブラを手にしていた。谷間のラインには申し訳程度にレースが縫われている。

「こっちのほうが似合うはずだ」

晴彦が差し出してきたブラは、どことなく私が持っているスポーツブラのデザインに似ていた。

昔、悟くんが選んで、買ってきてくれたものだ。

悟くんも私のスポーツブラを選ぶとき、ちぐさにはこれが似合いそうだ、なんて思って選んだのだろうかと思い、ゆるく頭を振る。

「でもさ、これ、ちょっと幼くない？　こういうのって、中学生くらいの女の子は好きそうだけど、こっちの黒いやつのほうが」

男の人は好きそう、と言いかけて、やめる。晴彦相手にそれを言うのは、とても恥ずかしいことのような気がした。

「幼いとか、誰が好きそうとかじゃなくて、これはあんたの下着で、今はあんたに似合うかどうかの話をしてるんだよ」

言葉が継げず黙り込んだ私に向かって、晴彦がきっぱりとした口調で言い切った。

頭からお尻まであまりにもまっとうなことを言われてしまって、そんなのわかってるけどさ、と唇をすこし尖《とが》らせ、差し出されたブラから顔をそむける。

こっちにも事情ってもんがあるし。下着って、自分のためだけのものじゃないでしょう。女の子は、やっぱり彼氏に見せることも考えて、選ぶよ、ふつう。晴彦は自分のことだけ考えればいいかもしれないけどさ。

と、心の中でもにゃもにゃと言ってみる。

実際に口に出したら、どうなるかなんて、目に見えている。おれの知ったことか、と晴彦は一蹴《いっしゅう》するだろう。

その通り、私の事情など晴彦の知ったことじゃない。幼稚な反論だ。それに、最後の一言が、最悪だ。

たった一瞬、溜飲《りゅういん》を下げるためだけのいじわるな言葉を、たやすく思いついてしまったことに軽く自己嫌悪を覚える。

「考えすぎんなよ。着けるのはあんたなんだから、好きなの買えってこと」

どんどん表情が暗くなっていく私を見て、晴彦は妙にやさしく、諭《さと》すように言って、個室のカーテンを閉めた。

いよいよ、どうすればいいかわからなくなってきた。

晴彦が言うのだから、あの水色のブラのほうがきっと私の雰囲気に合うんだろう。けれど、こちらの黒のほうがおとなっぽくて、智くんとそういうことをするのに相応《ふさわ》しいはずだ。悟くんが買ってきたようなものと似たデザインのブラであれこれに臨むのは、なんていうか。

のろのろと着替えて、試着室を出ると、店員さんがさっ、と駆け寄ってきた。

「お疲れ様です。いかがでしたか？」

返事ができなくて、店内に視線をさまよわせると、晴彦の姿が目に入った。

店の入り口に置かれたあの水色のブラの前に立ち、他の物を手に取って見比べたりしている。

胸が詰まった。私のために、あんな遠くまで探しにいってくれた。私に似合うブラを真剣に考えて、店内を見て回ってくれた。

私なんて、友だちと服を買いにいっても「似合ってるよ」しか言わないし、言えなかった。

ましてや、もっと似合いそうな物を探してあげるなんてしたことがない。

「すみません、もうちょっと見てみます」

謝って入り口に向かう。自然と早足になる。

「晴彦」

声をかけると、晴彦は、ああ、とマスクをすこし下げて応じた。

「ごめん、やっぱりそっちにするよ。私の身体は私のものだし、私は、私に似合う物を身に着けるべきなんだと思う。ね、そうだよね」

勢い込んで話しかける。そうだ、わかってるじゃないか、と力強く首肯《しゆこう》してもらえると思ったのに、晴彦は困ったように瞳を揺らした。

「……どうだろうな。そりゃ、似合うに越したことはないだろうけど。でも、似合う、と、好き、はべつだし。おれの言い方も悪かったけど、最初のやつ、似合わなくてもあんたが好きなら、買えばいいと、思う」

途切れ途切れの口調で、晴彦はうつむきがちに言葉をつないだ。らしくない歯切れの悪さだ。なにも、おかしなことは言っていないはず。自分に似合うものを着る。正しいはずだ。

晴彦だって、自分に似合っているものを身に着けている。服だって靴だって、そう、ブラジャーだって。

そうだ。白く、線の細い体に、あの黒いブラジャーはよく似合っていた。そこらの女の子に負けないぐらい、きれいでかわいくて、未発達の、華奢《きゃしゃ》な体に、よく似合っていた。

あれ、じゃあ、似合わなくなったら？

ちか、となにかが頭の中で光った瞬間だった。

晴彦越しに、見知った顔が見えた。

絵美と毬江ちゃんだ。

紙袋を二、三提《さ》げて談笑しながらこちらへ歩いてくる。

「ちぐさ」

隠れる間もなく、目が合う。

絵美は一瞬、ばつの悪そうな表情を浮かべ、すぐにそれを引っ込めて笑顔で駆け寄ってきた。

「すごい偶然！　うちら買い物してて、あっ、もちろん今日は買い物だけ！　ね、マリ」

「うん、ほら、絵美ちゃん今日午前練だけだったし、二人で買い物しよーってなって。ちぐさちゃんは用事あったんだよね」

「うん。そっか。うん、それにしても偶然だね」

「まあ休みの日に遊ぶっていったら大体ここだしね。さっきも小島とえっちゃんカップルに会ったんだ。小島の私服超ダサくてさあ」

相づちを打ちながら、心が冷えていくのを感じる。

予定があると断ったのは自分だし、観たい映画があれば二人でいけばいい、と思っていたのに、いざ二人だけで遊んでいるところを目の当たりにすると、複雑な気持ちになる。

私と絵美は中学のときから仲良くしているけれど、毬江ちゃんは高校に入ってからの友だちだ。三人の中でも絵美と毬江ちゃんの性格は正反対で、私が間《あいだ》を取りもつことで仲良くやっていけてる、なんて思い上がっていた。二人は、二人だけで遊びにいけるぐらい、仲が良かった。

「そういえばちぐさちゃん、今日は家族で出かけるって言ってたよね」

二人の視線が私の手前で止まる。晴彦が軽く会釈《えしやく》した。

「……ちぐさって、きょうだい、いたっけ」

「ううん、一人っ子だったんだけど、この前おとうさんが再婚したんだ」

「えっ、そうなんだ。っていうか、ちぐさの家、そうだったんだね。知らなかった。言ってよ、友だちなんだから」

絵美に肩を軽く叩かれ、ごめんごめん、と謝る。

喉はからからなのに、口の中はつばでいっぱいになっていく。

「……妹さんだよね？」

毬江ちゃんが首をかしげる。

中性的な体つきと服装だ。顔も、鼻から下はマスクに覆われて隠れている。妹だと確信して聞いたというよりは念押しのようだった。

早く、違う、と言わなくては。また、晴彦が怒ってしまう。

でも、弟と下着屋さんで買い物っておかしい。ふつうに考えて、変だ。晴彦は今、ブラジャーを胸に当てている。毬江ちゃんはどうかわからないけれど、絵美がそういうのに理解があるタイプだとは思えない。

だる、とか、きも、とか。

口にするとき、彼女たちはいつも、すっ、と視線を下げる。視線で、人を落とす。

輪の外、じゃない。

あるのは、輪と、輪の下だ。

足下の感覚がないまま、手をつなぎあって、ふわふわと飛んでいる。翼を持つ子たちに手を握られて、私は飛べている。そつなく、浮かんでいられる。

気取られたら、終わりだ。

「うん、妹だよ」

舌を動かしたつもりはなかった。

でも、私はそう答えていた。

答えた瞬間、晴彦の背中が強《こわ》ばったのが見てとれた。

「あ、やっぱり妹さんでよかったんだ。ボーイッシュだし一瞬わからなかったよ。中学生？すごくおしゃれで」

「弟だよ」

晴彦がきっぱりと、力強く遮った。

その声からは、屈辱であるとか、怒りだとかは全く感じられなかった。ただ事実のみを告げる、平然とした声だった。

「晴彦」

どうすればいいかわからなくて、ただ名前を呼ぶ。

晴彦は丁寧な手つきでラックにブラを戻し、背を向け歩き始めた。

「晴彦！」

すがりつくような声が出る。

晴彦は振り返ることなく静かに歩いていく。

追いかければじゅうぶんに追いつけるような速度だったのに、追いかけたのは声だけで、私の足も脳も全く動いてくれなかった。

晴彦と一緒に、音も風景もゆっくりと去っていく。

絵美と毬江ちゃんがなにか声をかけてくれていて、それに条件反射のように「大丈夫」と答える。

大丈夫、大丈夫、大丈夫、と繰り返せばほんとうにそうなるんじゃないかと言葉に力を込めようとしたけれど、かなわない。

全然、大丈夫なんかじゃない。

私は今、取り返しのつかないことをした。

家って、どうしようもない。

行き先は変えられるけど、帰る場所は一つだ。私はこどもで、どうしたって夜には戻らなくちゃいけないいし、いっしょに住んでいる以上、嫌でも顔を突き合わせることになる。

日はとっぷりと暮れていて、一本道の先はまっくら闇だ。追い立てるように風が吹いてきて、吸い込まれるように歩く。あっという間に家に着いてしまった。

重い足取りでなんとかここまで帰ってきたけれど、問題はここからだ。

意を決して入ると、晴彦がちょうど階段を上ろうとしているところで、心臓が止まりかける。

「遅かったな」

「……うん。あの、」

「おれら、もう夕飯食べたから」

「うん」

「あんたが最後だから、食洗機回しといて」

「わかった」

晴彦の態度は、拍子抜けするほどいつも通りだった。口調からも表情からも、怒りや悲しみなんて、これっぽっちも感じられない。

案外、大丈夫なのかも。

「あの、晴彦、お昼さ」

「なに?」

今さら、と聞こえた気がしたし、実際、晴彦はそう言っていたんだと思う。たたずまいが、さっきまでと明らかに違った。

晴彦にとって、私は「そういう」人間で、それは私が今からなにを言ったところでかわるものではない、と目が結論づけていた。

晴彦はもう、私の顔を見ていない。私という人間の、底を、冷ややかに見つめている。

「用、ないな?」

そう言って、晴彦は背を向けて、階段の先に消えていった。がらっ、と戸を引く音が大きく聞こえる。

靴を脱いで、手すりに摑まりながら階段を上っていく。

晴彦の部屋の前で立ち止まって、ごめんね、とちいさく声に出してみたけれど、本人に向かって言える気はしなかった。

だって、その先が思い浮かばない。

結局、私が晴彦を「認めてあげられた」のは、この部屋の中だけだった。晴彦が王様の、この国の中でなら、理解を示して、変じゃないよ、ふつうだよ、と言ってあげられた。

けれど、一歩外に出れば、それはたちどころにふつうのことではなくなってしまって、ふつうじゃないことは恥ずかしいことで、友だちにそんなやつが家族なんだと思われたくなくて。

それを、最悪の形で、晴彦に突きつけた。

いったい、どうすれば晴彦の信頼を取り戻せるのか、見当もつかない。

その日の夜は、まともに眠れなかった。晴彦のこともだったけど、学校にいくのも気が重かった。

あの後、晴彦に去られた私に、二人は買い物をしないかと誘ってくれたが、とてもそういう気分にはなれなかった。断って、その姿を見送りながら通路横の長椅子に倒れるように腰を下ろした瞬間、「やばくない?」という笑い声が風に乗って聞こえた気がした。それが絵美たちのものだったかはわからない。

朝、夜通し考えたたくさんの言葉をたずさえて、学校に向かった。

私のことは、いい。ただ、もし晴彦が悪く言われるようだったら、私はその言葉でもって戦うつもりだった。

教室に入ると、席に着いている絵美の周りにクラスの女子が何人か集まっていた。

誰かが、中川さん来たよ、と言って、一斉にこちらを向いた。

「ちぐさ、一限の予習やってる? グラマー、今日から新しいところ入るじゃん? 日付的に当たりそうなんだけど、忘れちゃって」

「……ちょっとなら、やってるよ。写す？」

「やった！」

「よかったね、絵美」

「ほら、中川さん待ってて正解じゃん。うちらじゃ役に立てないって」

がんばれー、と、女子たちが散開していく。

リュックから英語のノートだけ引き抜いて、絵美のところへ持っていく。絵美が、ありがとう、と手を伸ばした。

「絵美、朝練は？」

「今日は無し。そこ座りなよ。島田、まだ来ないし」

「いいよ、立ってる」

「そう？　ま、やめといたほうがいいかもね。あいつ、朝練の後いつも汗臭いし」

「……そんなことないよ」

「そんなことあるでしょ。ま、でもほんとに助かった。マリはいつも遅刻ぎりぎりであてにできないし。というか筆記体で書くから読めないんだけど」

写す手の遅さにそぐわない早口で絵美がしゃべり、はは、と笑う。

うん、と曖昧な返事をしたきり、沈黙が落ちる。

そういえばさあ、と手はそのままに絵美が切り出した。

「あの後大丈夫だった？　弟くんとちゃんと仲直りできた？」

「……ううん」

「そっか。あたしもトモとしょっちゅうけんかするけど、ま、大丈夫だよ。そういうのって気づいたら仲直りしてるもんだし。どうにかなるなる。ね、それよりほんと突っ立ってないでさ、座りなよ」

絵美に手を引かれる。反射的に振り払っていた。

「ちぐさ？」

「ここは、島田くんの席だよ」

いつもなら流せることが、どうしても流せなかった。絵美が困惑しているのがわかる。一度だって、こんなふうに手を払ったことはない。

「……なに？　べつに平気だって。あいつそういう細かいこと気にするタイプじゃないでしょ」

「タイプって、なに？　平気って、どうしてわかるの？　絵美は平気でも、他の人は気にするかもしれない。自分が大丈夫だからって、たかをくくりすぎだよ」

やめなきゃ、と頭のどこかでわかってるのにとまらない。次から次へと、絵美めがけて言葉が飛び出していく。

「絵美が、絵美がそんなだから、私、昨日間違えちゃったんだよ。うちはでき合いの家族なんだよ。絵美のところとは違うの。軽く触れないでよ。軽く言わないで。全然、大丈夫なんかじやない。……絵美みたいな人には、わかんないだろうけど」

わかってる。これはほとんど八つ当たりだ。絵美のこの物言いは、今に始まったことじゃない。私が、私自身のふがいなさに苛立って、それを絵美にぶつけているだけだ。それでも、腹が立った。

だって、絵美たちのきょうだいげんかは、ほんもののきょうだいたちのけんかだ。くだらないことで争って、言葉もなく元に戻れるのは、ずっと一緒に暮らしてきた人間同士だからできる芸当だ。

私と晴彦は、ついこの間まで他人で、友だちですらなかった。おとなたちの都合で、心の準備もないまま家族という枠できょうだいとして括《くく》られただけ。お互いが異物で、今までの生活をゆがめる侵入者だ。

気づいたら仲直り？　そんなの無理に決まってる。絵美は家族が増えたことも欠けたこともない。誰かに席を取られて、所在なく立ちつくしたこともない。嫌われたくない、悪く言われたくないと、物怖《ものお》じすることもない。そんな人が、なにを言ってるんだろう。わかったつもりで、軽くまとめないでほしい。

「他には？」

絵美の静かな声に、はっ、と顔を上げた。

「他には、どんなことが、あたしにはわからないでしょ、って思ってるの」

絵美が椅子を引いて立ち上がった。視線がまともにぶつかる。

「言いなよ。全部。今みたいにさ、その都度《つど》。黙ってないで。言ってもわからないって思わないで」

絵美の目がぎらぎらと燃えている。

「ちぐさ、ちょっと違うな、って思っても、笑うか黙るかじゃん。どうせこの辺までしか考えられないだろうって、あたしを勝手に見積もってあきらめてる」

図星だった。絵美は単純で、やわらかい感情にはうとく、複雑なことは考えられないだろうと、きっと、心のどこかでばかにしていた。繊細さなんてかけらも持ち合わせていなくて、って、言っても理解してもらえないだろう、と思っていたことを、絵美はとっくの昔に見抜いていた。

「そうやって黙ってないで、なんとか言ってよ！」

絵美が鋭く叫ぶ。教室が、しん、と静まり返る。「森田こっわ」「いじめんなよ」と下田くんたちが囃《はや》し立てて、絵美の顔がぐっ、と歪《ゆが》んだ。

絵美はいつも、気が強いことを、男みたいだ、とからかわれている。そして、おおかた私は、いつもおとなしく、森田に振り回されている中川さん、なんだろう。そうじゃないのに、そう思わせていたのは、私だ。

下田くんをにらむより早く、痛《い》って、と悲鳴が上がった。見ると、毬江ちゃんが下田くんの足を踏みつけている。今日もバス停から全力疾走してきたのだろうか、ぜえぜえ息を上げながらも、笑顔のままぐりぐりと足を踏み続けている。

「おい江川！　足！　足踏んでる！」

「あれ、ほんとだ。おはよー、下田くん。これあたらしい靴？　かっこいいねえ」

「えっ、そうかな？　俺もけっこう気に入って、っていや、そうだよ！　これ昨日おろしたばっかなんだよ。早くどけって！　ぐりぐりすんな！」

下田くんが悲鳴を上げて、笑いが起こる。教室の空気がゆるんで、注目が逸れるのがわかった。

絵美が声を落として、あのさ、と言った。

「……あたしは、確かに単純だよ。気づけないことも多いしがさつだし。でも、言ってくれたら気をつけるし、直せるところは直す。けんかはしてもいいけど、嫌われたくはないの。友だちでいたいの。だから、腹が立ったら、今みたいに言ってよ」

絵美が、ぐっ、と唇をかみしめる。

私は、私は唇をかみしめもせず、ただ、飲み込んでいた。絵美の意に沿わないことをしたら、輪から落とされるんじゃないか、と思って。でも、そう思わせる、私にそうさせる絵美が悪いよね、と、心のどこかで、自分の不誠実さを正当化していた。

耳が熱くなるのを感じながら、うん、とうなずく。

「ごめん。ごめんね、絵美。ほんっと、ごめん。もう、いろいろと、ごめんすぎる」

「もー、ごめんとかはいいの！　あたしがばかすか考えなしのこと言っちゃうから、ちゃんと注意して、って話なの！　ほほえみ流しはマリで間に合ってるから！　あの子の場合、目が笑ってないからわかるけど、ちぐさは溜め込むからさ。わからせてよ」

いい？　と念押しのように背中をバシッ、と叩かれて、痛いよ、と笑う。

「……弟くんとは、仲直り、むずかしそうなの？」

「うん。うちの場合、気づいたら仲直り、ってのはたぶん無理。それほど丈夫じゃないから」

「正直、事情はあんまりわかってないんだけど、丈夫じゃないって言うなら、丈夫にしなきゃ、いつまで経ってもそのままじゃない？　練習しなきゃ足は速くなんないし、メンテナンスしなきゃ体は思うように動かないし。それと同じだと思うけど。それ以上むずかしくする必要ある？」

ないね、と笑う。絵美らしい、すがすがしい考え方だ。

絵美は、あ、と言いにくそうに頭を掻いた。

「日曜日のこと、トモにも言っちゃったの。その、面白半分とかじゃなくて、ちぐさんちがひとり親とか再婚とか、そういうのあたしは知らなかったから。トモは知ってたのか気になって、つい」

「うん。そっか」

「そんで、言わなくていいことまでしゃべっちゃったかもしんない。トモ、途中からけっこうヤバい顔してたし。あいつ、外見《そとみ》はやわらかいふりしてるけど、あたしより頭固いから。でもさ、なにか言われても、ちぐさが思うように返して。あたしとのことは気にしなくていいから」

「わかった」

言われなくても、そのつもりだ。絵美は絵美だし、智くんは、智くんだ。

「話終わった？」

毬江ちゃんが汗を拭いながらやって来た。うん、とうなずくと、

「じゃあ、ノート写させて」

と、にっこり笑った。


智くんに呼び出されたのは、その二日後の昼休みだった。

待ち合わせ場所に指定されたのは旧校舎への渡り廊下で、その真ん中に、智くんはいた。コンクリートの柱にもたれて、携帯を見ている。辺りには誰もいない。雲を追い立て、ごうごうと木々を薙《な》ぐ風の音だけが聞こえる。選択芸術の授業がないかぎり、誰も旧校舎へは赴かない。話をするにはうってつけの場所だった。

「智くん」

声をかけると、ああ、とこちらに目だけやって、携帯をポケットに入れた。

近づくと、柱と柱の間から、たっぷりと水をふくませた絵筆で塗ったような、灰青《はいあお》の滲《にじ》んだ

空が見えた。今にもしずくが垂れ落ちてきそうだ。

智くんは柱から体を起こして、絵美から聞いたんだけど、と切り出した。

「弟と下着を買いにいってたって？」

早口で抑揚《よくよう》のないしゃべり方。相当苛立っている証拠だ。

「うん」

真正面から向かい合って、はっきりと返事をする。自分の声の力強さに、私はここに来るまでの間に、なにか覚悟のようなものを決めていたと気づいた。投げださない覚悟と、うそをつかない覚悟を。

智くんは、はあ、とわざとらしくため息をついた。俺は怒っているんだよ、という明快な意思表示だ。

「なに考えてるんだよ。ふつう、弟とか連れていかないだろ、そういうところに」

「連れていったんじゃないよ。ついてきてもらったの」

「ついてきてもらった？　ちぐさが頼んだってことか」

信じられない、と目を見ひらく。

「なんで弟にそんなこと頼むんだよ！　そいつ、ほんとうのきょうだいってわけじゃないんだろ！」

問い詰められて、思わず下を向いた。焦げ茶色のローファーが目に入る。

智くんとけんかしたくなかった。

今まで何度か言い争いになりかけたことがあるけれど、どれも智くんのやきもちが原因だった。他の男の子と仲良くする姿に腹を立てられるたび、なだめて機嫌を取って事を収めてきた。今回も、ごめんね、軽率だった、これからは気をつけるよって、こちらが折れればすむ話だ。

でも、晴彦には下心なんてもの、ひとかけらもないってことをどうしてもわかってもらいたかった。だから、晴彦はファッションとしての下着を愛しているんだよ、と説明する。純粋にデザイン性の高さに惹かれているだけで、やましい理由ではないからこそ、いっしょに買いにいってもらった、と。

落ち着いて、言葉を尽くして説明すれば、わかってもらえると思ったけれど、智くんの表情はよりいっそう険しくなっただけだった。

「ちぐさ、それ、本気で信じてるわけ？」

「本気で、って、ほんとうなんだよ。晴彦はほんとうにファッションとしての下着を愛してるんだよ」

「それを鵜呑《うの》みにするのが危ないんだって。そんなやついるわけないいだろ」

「でも実際にいるんだって」

「ちぐさ、ほんっと、男のことなんもわかってないよな。そういうとこ、たまに腹立つよ」

左目と口の端が歪む。音のない舌打ちに怯《ひる》みかける。

これは、智くんの話や考えに異を唱えず笑って流してきたツケだ。今まで引っかかることがあっても、あなたの「絶対」や「当たり前」がすべてではないと、私は一度も言わなかった。私が飲み込めばすむと考えていた。

それでも、今回ばかりは、折れるわけにもあきらめるわけにもいかない。

「晴彦ってね、ものすごくおしゃれなんだよ。あの子にとっては、下着だって、服の一部なの。智くん、この間、時計買ってたでしょう。ベルトの部分がかっこいいって。それと同じなの。私がかわいいな、と思った服を買って着るのと同じなの。だから、そういう、やましいことは一つもないの」

「そいつ、まさか自分でも着けてるのか」

「そう、そうなの！　晴彦はほんものなんだよ。だから、智くんが心配するようなことはなにもないの」

実際に着けているってことを知ってもらえれば、信じてもらえるかもしれない。

そう思ったのに、智くんはなにか考え込み、ひどく気遣《きづか》わしげな表情を浮かべた。

「ちぐさ、おまえ、自分のその、下着が減ってないかちゃんと数えてる？」

意味を理解した瞬間、用意していた言葉が全部ふっ飛んだ。

「減ってるわけない！　私の、私の下着なんて、晴彦は興味ないの！　あの子は、そういう低レベルな子じゃないの！」

「低レベルってなんだよ。俺はちぐさが心配で言ってるんだよ。もし再婚相手のこどもだから言いにくいっていうなら、俺が一回きっちり言ってやるから。今度会わせろよ。な？」

「やめてよ智くん。そういうのじゃないの。ほんとに違うんだって。晴彦は、違うの」

「違うってなにがだよ！」

「晴彦は智くんとは違うの！　あんたと違って、そんなことばっかり考えてないんだよ！」

あっ、と口を押さえる。

何秒かかけてその言葉の意味を理解した智くんの顔がみるみるうちに赤くなる。咄嗟《とっさ》に目をつむって身構えた。

予想した痛みは訪れず、目を開くと、智くんの顔は青ざめていた。

「ちぐさって、そういう言葉遣いもするんだな」

智くんの声は震えていた。

初めて聞く声の震えに謝りかけて、やめる。

智くんは謝罪を望んでいないし、私も、それが形ばかりのものになってしまうことを知っていた。

傷ついた表情に息が止まるほど胸が苦しくなったのはほんとうだった。

私は、智くんのことが確かに好きで、好きな人にこんな顔をさせて平気でいられるほど達観してもいなかった。

きっともう、二人で手をつないで帰ることも、笑い合うこともない。目頭が熱くなるのを感じたけれど、自分が失うものにだけ思いを馳せて泣くなんてことをゆるしたくなくて、ぐっと堪《こら》える。

黙っていると、もういい、と智くんが力なくつぶやいて、私の横をすり抜けていった。

考えがまとまらなくて、その場に立ちつくしていると、授業へ向かう人たちが談笑しながらやってきた。端に寄って、道を空ける。廊下で立ち止まっている私をふしぎそうに横目で見ながら、旧校舎へと消えていく。

その後、何人もの生徒が通りすぎて、私を見るのがわかったけれど、動けなかった。

しばらく経って、遠く響いた予鈴に、なんとか体を起こして、教室に戻った。

昼休みを境に天気は崩れて、帰る頃には大粒の雨が窓をうちつけ視界をにじませ、グラウンドの土はぐちゃぐちゃになっていた。

帰る段になって、ロッカーに入れておいたはずの折りたたみ傘がないことに気づく。去年の誕生日、智くんからもらった傘だ。智くんは日頃から、ちぐさの傘はちいさすぎる、そんなんじゃ身を守れない、と嘆いていた。

やめよう、と思うのに、思い出すのがやめられない。

「ちぐさちゃん、傘あった？」

毬江ちゃんに声をかけられ、ううん、と首を振る。

「駅までしか入れてあげられないけど、大丈夫？」

「うん、おかあさんに迎えにきてもらうから」

そう答えたけれど、瞳子さんに連絡する気はなかった。

今頃、夕飯のしたくをしているだろうし、瞳子さんは車の運転ができない。この雨の中徒歩で迎えに来させるのは気が引けた。

毬江ちゃんと別れ、電車から降りた後、駅の軒下ですこし雨やどりをしてみたけれど、雨足は強くなるいっぽうで、止む気配もない。覚悟を決めて、教科書やノート、携帯をタオルや体操着でくるみ、リュックの底まで押し入れる。駅から家まで全速力で駆け抜ける。右手に握っていた鍵をねじ込み、飛び込むようにして家に入った。

玄関でひと息ついていると、足元があっという間に濃いねずみ色に染まっていった。

雨を含んだ制服が重い。ローファーの中にも水が浸入していて、動くたびちゃぷちゃぷと音が鳴る。

ただいま、と声を張ると、瞳子さんがリビングから顔を出して、目を見ひらいた。

「ちょっと、ずぶ濡れじゃない。お昼から降るって予報で言ってたのに、傘持っていってなかったの？」

「学校に置いてたつもりだったんだけど、見当たらなくて」

「電話くれたら迎えにいったのに」

「そんなの悪いよ。瞳子さんも忙しいだろうし」

言ってから、しまった、と後悔する。

見ていなかったけれど、瞳子さんはきっと傷ついた表情を浮かべていたに違いない。私がこうやって遠慮するたび、瞳子さんは露骨にしょんぼりとする。そのたび、うまく甘えられなくて申し訳ないという気持ちと、おとなんだからその辺割り切ってよ、という思いがせめぎ合う。

出会ってから日が浅いのだし、悟くんと同じようにというわけにはいかない。晴彦だって、悟くんにはまだよそよそしい態度だ。おたくの息子だってこんなもんだよ、と言ってやりたくなる。でも、そのたびに、悟くんの「しょうがないか」という笑みに隠しきれていないさびしさを思い出して、やめる。

「瞳子さん、タオル持ってきてくれない？　吸水性めっちゃいいやつ。あと、もうお風呂入っちゃいたいかも。ついでに沸かしといてよ」

軽く、くだけた調子でお願いすると、瞳子さんはぱっ、と顔を明るくして、待ってて、とぱたぱた足音を立てて走り去っていった。

待っている間に、真っ黒になったスカートのひだをまとめて絞ると、水が勢いよく滴《したた》り落ち、また一つ水たまりを生んだ。片足を上げて、吸い付いて離れないソックスを無理やり引きはがし、小石や砂を手で払う。足が思ったより冷えていて、つま先の感覚があまりない。くたくたで、ぼろぼろで。急に悲しみがこみ上げてきて、奥歯を噛む。

智くんに徹底的に否定されたということ。それに自分が傷ついているということ。認めたら負けだと思って、お昼からずっと、どうってことないふりをし続けたけれど、限界だった。

どうしてこんなことになったのか、思い返してみても、わからない。ほんの数時間前の出来事が、遠い昔のように感じる。私は、ちゃんと、正直に向き合った。そうやって、絵美とぶつかったときみたいに、思っていることをお互いに言い合えば、解決すると思っていた。でも、智くんは、ただひたすら、私の目を覚まさせよう、としていた。結局、私の考える力も、判断する力も、信じてくれなかった。

智くんは、晴彦から私を〝守ろう〟としたんだろう。いつものことだ。歩くときは、車道側を。寒そうにしていれば、上着を。つめたい雨には、大きな傘を。

智くんはいつも、私を、無防備で、か弱い生き物として扱った。でも、そうされると、大事にされている気がして、うれしかった。私をそんな風に扱ってくれるのは、智くんだけだった。それらを投げ捨ててまで、晴彦のために揉める必要なんてあったんだろうか。誰に褒められるわけでもない。これで晴彦と仲直りできるわけでもない。失って、傷ついて、私ばっかり損をしている。

頭の血が、さあっ、と、下に流れ落ちていくのを感じる。ふわふわと軽くて、頭が回らない。

「やだ、さっきより顔色悪いじゃない。幽霊みたいよ」

戻ってきた瞳子さんが、ぎょっと目を見はった。ほら、と言われるままに鏡を見る。

血の気を失った顔に、紫色の唇。うつろな目は焦点が合っていない。

ばさっ、と頭にタオルを被せられ、引き寄せられる。頭を預けて下を向くと、すこしだけ楽になった。

「瞳子さんは、幽霊、見たことあるの？」

「ないわよ」

「でも、幽霊みたい、って」

「物のたとえよ、そんなの」

「じゃあ、いると思う？」

「さあねえ。わたしは見えないから、どうとも言えないけど。まあ、見えないほうが、楽は楽でしょうね」

「楽？」

「そう。見えるものって、多ければ多いほど苦労するわ、きっと。あー、だめ、もうびしょびしょ。もう一枚取ってくるわ」

タオルが頭から離れた。目をつむって、めまいをやり過ごす。

旧校舎で、幽霊が出る、という噂が立ったことがある。廊下の奥から女の人がこっちを見ていた、とか、授業中に窓から誰かがのぞき込んでいた、とか。

その頃、私と智くんはたまに旧校舎で会っていた。人気《ひとけ》がなくて、ふたりきりで過ごすのに、ちょうどよかったから。でも、幽霊が出る、と聞いてからは、その人気のなさが嫌だった。霊感なんて全くないけれど、見たという人がいるんだから、いるんだろうと思った。こわくて、場所変える？　と提案したら、智くんは平然とした顔で、言った。

見えなければいないのと同じだろ、と。

「ただいま」

はっ、と振り返る。いつの間にか晴彦が立っていた。

「……おかえり」

「ずぶ濡れじゃん」

「うん、傘忘れて」

「走って帰ってきたってこと？」

「そう。晴彦は大丈夫だった？」

「まあ、傘あるから」

よどみなく、つつがなく。

いっそ、このままでもいいんじゃないか、という考えがよぎる。

無視されているわけじゃない。気まずさもない。

晴彦がなかったことにしてくれるなら、謝らなくてもいいんじゃないか。見せないでくれるなら、無理に見る必要もない。普段通り振る舞ってくれるなら、このままでも、私は。

「あら、晴ちゃんも帰ってたの。タオルもう一枚持ってくるわね」

「瞳子さん、私はもういいよ。それ、晴彦に渡して。このままお風呂入るから」

「まだ沸いてないけど、いいの？」

「大丈夫」

「着替え、適当に持っていくわね」

「うん、お願い」

返事の途中から、歯がカチカチと鳴り始めた。ぶるり、と体が芯から震えて、脱衣所へ急ぐ。重たい制服を脱ぎ捨てる。顔にぺったりと張りついた髪をつまんでいると、頬のかさぶたに指が触れた。

鏡で見るかぎり、傷はほとんど治っている。もう絆創膏も取れた。あと二、三日もすれば完全に消えるような、たいしたことのない傷。

かさぶたを撫でると、晴彦の心配そうな表情や、やさしい手つきが思い起こされて、ぎゅっと目をつむった。

智くんからもらった折りたたみ傘は、玄関の物入れにもなかった。ここになかったら、もう見当もつかない。

帰ってから、自分の部屋は探しつくした。かばんの底や本棚の隙間、そで机の引き出しの中。心当たりはすべて見たけれど、いくら探しても見つけられなかった。可能性があるとすればこの物入れだけだった。

見つからないまま、忘れたほうが楽なんだろうな、とは思う。でも、これから使うにしろ、使わないにしろ、見つけてから、きちんと考えたかった。

つっかけから足を抜いて気づく。私のローファーに新聞紙がみっしりと詰められていた。隣を見ると、晴彦の運動靴にも同じように新聞紙が詰められていて、水気を吸っている。

「瞳子さん、ありがとう」

「ん？　なにが？」

「ローファーに新聞紙入れてくれたの、瞳子さんでしょう。明日も履いていくってこと、忘れてたから助かるよ」

リビングに顔を出してお礼を言うと、リモコンに手を伸ばしていた瞳子さんがすこし考え、ああ、と笑った。

「それ、晴ちゃんよ」

「晴彦？」

「さっき玄関でごそごそしてたもの。あの子、変なところ所帯じみてるわよね」

瞳子さんがなんでもないように言ってテレビに向き直りチャンネルを変えてゆく。

背すじが、すっ、と伸びた。

心臓が、どっ、どっ、と鳴って、指先まで痺《しび》れが伝う。

自分の分のついでだったのかもしれない。それでも、明日、私が不快な思いをしないよう、やさしさを分けてくれた。あんな嫌な態度を取った私に。当たり前のように。

どうすれば、こうすれば、ああすれば。

どの道をいけば、最終的に、「私」を守れるか。この間から私が悩んでいるのは、そればっかりだ。

どう謝るべきかなんて、考えたって仕方がない。

そんなもの、結局、逃げ回ったすえに出てくる言葉だ。

保身ゆえの不誠実さを、晴彦の感情をないがしろにしたことを、率直に詫《わ》びなければいけない。許されるとか許されないとか、関係ない。

私は、晴彦のやさしさに釣り合う人間でありたい。

リビングを飛び出して、前のめりになりながら階段を駆け上る。足がもつれて転びそうになり、手すりに摑まりなんとか体勢を整える。

上り切り、息を整えてノックをしようとしたときだった。

部屋の前に立った瞬間、どこか不穏な気配がぞわり、と肌を撫でた。

雨の湿り気だけじゃない。むっ、とする濃い空気を扉の奥に感じる。

勘としか言いようがない。

なにかがいつもと違った。

つめたい扉に、そっと耳を当てると、かすかではあるけれど、苦しそうな息づかいが聞こえる。

気のせいだ、とか、やめておけ、とか、頭の隅でもう一人の自分が警告してくるのはわかったけれど、引き戸の把手《とって》に伸ばす手を止められない。ここに鍵がかかっていないことを、私は知っている。こんなの卑怯だ、と思うのに、指が勝手に戸を引く。

片目を閉じて、隙間から中を覗いた。

正面のベッドには晴彦が座っていて、腰元ぐらいまで布団がかかっている。前屈みで苦しそうに体を揺らしていて、傍《そば》にはティッシュの箱と雑誌が――。

全身の血液が頭に向かって流れてきているんじゃないかってぐらい、頭が痛くて、耳の裏が熱くなる。その分、手足は冷え切っていて、動かそうとしてもうまく手に力が入らない。自分の指が細かく震えていることに気がついた。

裏切りだ。

手ひどく裏切られた、という憤りと悲しみに身体を支配される。息が荒くなるのが自分でもわかる。

はじめに、智くんの顔がぱっと思い浮かび、晴彦の目がそれをかき消した。

二呼吸ほどの間に、残業で帰れそうにないと連絡してきた悟くん、試着室での感動、にやにや笑う男子たち、智くんのじっとりとした手、晴彦の体の透明感、電車の中で息を止めたときの滲んだ視界が順番もでたらめに次々と思い出される。憎しみと怒りと失望に、すべてが赤く塗りつぶされる。

この後私が取るべき正しい行動は、このまま見なかったことにして、自分の部屋に戻ることだ。そして後日、素知《そし》らぬ顔で晴彦に謝ればいい。

この年頃の男の子がそういう事をするのだって、ふつうのことなんだろう。晴彦に責められるべき点はなにもない。

そんなこと、じゅうぶんわかっている。

勢いよく戸を引いた。

開けた瞬間、晴彦の部屋の匂いにまじって、なにか酸《す》っぱい臭いがしたような気がして、息を止める。こもった熱気に体が包まれる。

気持ち悪い。

「うわ、なんだよ」

おどろいた晴彦があわてて布団を引っ張り上げ、必死で身を隠そうとしている。その動作がなんだか小物くさくて余計に腹が立つ。

ずかずかと踏み込んで、ベッドの上の雑誌を取り上げる。胸の大きな女の人が布切れ一枚つけず寝そべっている姿が目に入った。

「私は、なんのために智くんと戦ったのよ！」

振りかぶって、思いっきり床に叩きつけた。ぱらぱらとページがめくれ、見たくもない裸体が目に入る。

「汚いなあ！　もう！」

雑誌を拾い上げて、もう一度叩きつける。

晴彦は勢いに圧されたのか、まだ状況が飲み込めないのか、ぽかんと口を開けたまま固まっている。

あああもう、と叫びながら、机の上の文房具やノートを叩き落とす。ティッシュの箱を持ち上げ振りかぶり壁に投げつけた。晴彦が身をすくませるのがわかったが、止まらない。なにか物に当たらなければ、呑まれてしまいそうだった。

助走をつけて雑誌を思い切り蹴り飛ばす。ぐるぐる回転して、衣装だんすにゴン、と音を立てて止まった。

「だいたいなにさ、あんた、試着室で私の胸を見ても平然としてたくせに！」

とにかくなにか叫びたくて、出てきた台詞がこれだった。なるほど、勝手なことに、私は晴彦の態度に感動すると同時に、妙齢の女としてすこしくやしさも覚えていたらしい。自覚していなかった本音がかき集められて飛び出していく。

「はあぁ？　あんた頭おかしいんじゃないの」

そこでようやく晴彦が我に返ったのか、顔を真っ赤にして叫んだ。

同じタイミングで、どうしたの、と下から瞳子さんの声が聞こえてきた。

「なんでもない！　絶対に上がってこないで！」

叫び返し、大股で階段に向かう。もう中ほどまで上ってきている瞳子さんをにらみつけた。

ここで瞳子さんにもっともらしく場を収められるなんて、虫唾《むしず》が走る。

「上がってこないでって言ってるじゃない！」

「でも、」

「でももくそもないよ。なんで上がってくるの？　聞こえなかった？」

遮ると、瞳子さんがサッ、と顔色をかえるのがわかった。

「晴ちゃん？　晴ちゃん、返事しなさい」

「返事なんかしなくていい！」

振り向いて、腹から叫ぶ。自分でもどこからこんな怒りと熱量が湧いて出ているのかわからなかった。

「晴彦も私も、瞳子さんと関係ないところで笑うし怒るし生きてるし生きていくんだよ！　それがわかったら上がってこないで！　わかんないなら、なおさらこないで！」

普段出したことのない大声で瞳子さんに怒鳴りつける。瞳子さんはまた、わかりやすく傷ついた表情を見せたけれど、黙って見下ろしていると徐々にまなじりを吊り上げ、こちらをねめつけてきた。上等だ、と見下ろしてやる。

数秒のにらみ合いのすえ、瞳子さんが、ぐっ、と顔を歪め、背を向けた。

リビングの扉を手荒に閉める音を聞いてから、晴彦の部屋に引き返す。しっかりと鍵をかける。

晴彦は下半身を布団で隠しながら私が投げ捨てたティッシュ箱や雑誌を拾おうとしていて、その光景にまた頭に血が上る。

「私は、あんたの名誉を守るために彼氏とけんかまでしたのよ！　なのにあんたはこんな、そこらの男の子みたいなことしてさあ！　この裏切り者！」

理不尽なことを言っているのは自分でもわかっていたが、あふれ出してくる激しい怒りと失望をぶつけずにはいられなかった。

膝に力を入れて、土踏まずでベッドを押して揺らす。

晴彦がやめろ、と叫び、負けじと枕元の本や時計を投げつけてきた。

「なにが名誉だ。あんたがいちばん、おれのこと馬鹿にしてたくせに」

その言葉に思わず動きを止める。

私が怯んだのを見て、追い打ちをかけるように晴彦がわめいた。

「なにが下着を買いについて来いだ、ブラを見せてみろだ。男のくせにブラ着けるなんて、頭がおかしいって思ってたんだろ。ならはじめからそう言えよ！　善人面で理解者ぶりやがって！」

「違う、私は――」

弁解しかけて、言葉に詰まる。

晴彦は引きつった笑みを浮かべながらたたみかけてきた。

「ああそうだ、あんた、自分の母親まで引き合いに出して、おれを懐柔したかったんだもんな。ワタシタチ、お互い親にちょっと問題ありだね、って。晴彦がいてよかった？　そう言えばおれが心を開くとでも思ったんだろ。馬鹿にしやがって！」

語気を荒くして、晴彦がこぶしを布団に振り下ろした。顔を真っ赤にして肩で息をしている。

雨が風に乗って激しく窓を叩く音が響いた。遠くで、雷が鳴っている。

ベッドにかけた足を、ゆっくり下ろした。

この子には、人の痛いところを突く才能があるのかもしれない。腹立たしいほど、的確に。

晴彦の言う通りだ。

私は、おかあさんを道具にして、晴彦とお近づきになろうとした。

若い男と一緒になるため家族を捨てて出ていったという母親。たいした記憶も思い入れもない、話の中の知らない女。

母親のわめき声を聞きながら、じっとりと汗ばんだ手を握っていた晴彦とは比べものにならない軽傷ですり寄ろうとした。私たちはかわいそうなこどもだよね、と肩を組もうとした。

リビングに響く、ふたりの笑い声。

私にはわからない話。

甘く絡み合う視線。

真夜中、階下からなにか聞こえることをおそれながらも耳をすませてしまう瞬間。

悟くんは、もう私だけの家族じゃない。

独りにならないためには、それしかなかった。

「その通りだよ」

晴彦が息をのんだ。

「男の子なのにブラ着けるのが好きだとか、私の知ってる〝ふつう〟じゃないよ。理解できるかって訊かれたら、そりゃ理解できないよ。変だよ」

はっきりと言葉にしたことで、晴彦はあからさまに傷ついた表情を浮かべた。

それを見て、もっと傷つけて泣かせてやりたいような、凶暴な感情が芽生える。

「でも、そういうのに理解あるように振る舞うのが良い人の必須条件なんだよ。タヨウセイってやつを大事にできないやつは良い人失格なの。だから、私はあんたを受け入れるふりをしたんだ」

道徳や保健の授業で散々習ってきた。新聞やテレビでもそう言っている。「わかってあげる」ことがやさしさで、立派な人間の証だ。

私は、その証が欲しかった。良いこどもで、良い友だちで、良い彼女で、良いお姉ちゃんになりたかった。良い人の「ふり」をしたかった。良い人の「ふり」をして、腕を広げて受け入れさえすれば、誰も落っことさずにすむ。誰も傷つけずにすむ。そう、思っていた。

「ああそう。そりゃ残念だったな、頭オカシイやつが家族になっちまって」

引きつった声で、我に返る。

ひどく自虐的な物言いで、痛ましい。そうさせているのは、他ならぬ私だ。

晴彦はとうとううつむいてしまった。これ以上追い打ちをかけたら、この子はきっと泣く。泣かせたくないと思うけれど、泣けばいいのにとも思う。泣けばいいし、怒ればいいし、それよりもっと、笑えばいいし、よろこべばいい。

「もう、出てけよ」

私はまだ、晴彦を知らない。

星座も、血液型も、靴のサイズも、知らない。なにが好きで、なにが嫌いで、なにがゆるせなくて、どんなふうに泣いて、どんなふうに笑うのか、まだほんのすこししか、知らない。

「家族」の私ですら、そうだ。きっと、晴彦から遠ざかれば遠ざかるほど、晴彦のことを記号でしか捉えられなくなる。男の子とか中学生とか弟とか、そういうものでしか晴彦を見なくなる。

　私は、それが、それが。

「くやしかったんだ」

　口に出して、そうか、と思う。

　晴彦がゆっくりと面を上げた。

　赤くなった切れ長の目。つん、と尖ったちいさな鼻。いつ見ても口角の下がっている機嫌の悪そうな口元。

　でも、たまに見せてくれる幼い笑顔はかわいくて。笑ってくれたらうれしくて。もっと笑えばいいのに、と何度も思った。もっと笑わせてあげたいなと思った。

　態度も言葉もぶっきらぼうで、いろいろ誤解されるかもしれないけれど、晴彦はほんとうはかなり面倒見がいいし、ちょっとこまかいところもあるけれど、言うだけあって、身の回りのものを大事にしてきちんと生きている。誰にも流されないで、好きなものを好きと言って、生きている。

　やさしくて、かっこよくて、強くて、でも、実は人一倍繊細で。ブラを着けてるとかどうとか、そんなもの、たかだか晴彦のひときれにすぎない。

「愛想ないし偉そうだし私より細いのもむかつくしブラ着けるとか意味わかんないけど、あんたは、晴彦は、自分を傷つけたやつの靴にまで新聞紙を詰めてあげられるような、やさしい子なんだよ」

見も知らぬ、いつかの誰かへ向かって叫ぶ。

晴彦を、いとわないで。

確かに、あなたにとっては変かもしれない。ふつうじゃないかもしれない。

でも、でも、それは。

「理解も共感も、半端《はんぱ》には、できないよ。あんただって、きっとある。私のこと、変だって思う気持ち。でも、それが、すべてじゃない。私たちの、すべてじゃないでしょう」

確かめるように、言葉を紡いでいく。一つ一つ、ゆっくりと。

溜まっていた思いを出し切った後、奥底に一つ、残っていたものを見つけた。

見せるのが恥ずかしいほど無邪気で、きらきらと輝いている気持ち。

いろんなものに埋もれて見えなかったけれど、すべては、ここから、この願いから始まったんだと気づく。

「私は、たぶん、ずっと、あんたと仲良くしたかったんだ」

あの夏の夕暮れ、初めて出会った瞬間から、きっと、そうだった。

瞳子さんからすこし距離を取って立っていた男の子。気にくわない、と顔に書いてあるのに、背すじだけは妙にぴん、と伸ばしていて、そのアンバランスさがおかしかった。こちらに気づくとその顔のまま会釈してきたから、合わせて頭を下げた。

顔を上げ、夕日に目を眇《すが》めながら、この子が私の弟になるかもしれないんだ、と考えると、不安が胸をかすめた。

今さらきょうだいなんて、うまくやっていけるのだろうか。

自分がお姉ちゃんになるなんて、今まで想像もしたことがなかった。向こうは見るからに乗り気じゃないし、なんだか生意気そうだ。すぐに仲良くなれるとは思えないし、友だちや彼氏ともしたことのないけんかだって、してしまうかもしれない。

店に移動しようか、と悟くんが声をかけ、動き始める。敷き詰められたれんがの隙間に靴の先が引っかかって、たたらを踏む。

晴彦が、晴彦だけがそれに気づいて、振り返った。

なにも言わなかったけれど、目が「大丈夫か」と訊いていた。

私は確かにそのとき、この子と仲良くなれたらいい、と思ったのだ。

激しい雨音だけが部屋に響く。

お互い、無言でじっと見つめ合う。

なにもかも、見せた。汚いところも、隠しておきたかったところも。

でも、これが私だ。

晴彦は、黙って、見つめている。

真正面から、むき出しの私を見つめている。

時間が静かに流れていく。

しばらく経って、晴彦はちいさな声で、妹って言ったくせに、とつぶやいた。

「ごめん。もう、絶対に言わない」

短く謝ると、晴彦が、わかった、と応えた。

体を吊っていた透明な糸をぷつん、と切られたみたいだった。

その場に座り込んで、ベッドに顔を埋《うず》めて目を閉じる。

なんてシンプルなことだったんだろう。

私はたぶん、願いすぎていた。自分にも、他人にも。

傷つけないから、傷つけないで、と祈っていた。

どっと疲れて、このまま眠ってしまおうかと思ったけれど、早く出ていけと苦々しく言われ、自分がどういう状況に乗りこんだのかを思い出す。あまりの暴挙に笑いそうになった。

晴彦にも、期待しすぎていた。

性別に振り回されないからといって、性がないわけではない。

「ねえ、瞳子さんがおっかないのはわかるけどさ、やっぱりこういうときぐらい鍵かけときなよ。おとなになれないよ」

「……鍵かけてないからって、こういうときはふつう、入ってこないだろ。あんた、ほんっとに、信じらんねえ」

布団の中から思いきり頭を蹴られた。

さすりながら、そうだね、と笑う。

私も晴彦も、お互い、信じられないことだらけだ。これから幾度となく、わけわかんない、と目をむき合うに違いない。

でも、わかろうがわかるまいが、ただ、それらを知っていくだけなんだと思う。そんな予感に、すこし痺れた。

ブラザーズ・ブルー

視界の端で、うぐいす色のカーテンが、ふわっ、とふくらんだ。

あ、来る。

左を向いた瞬間、前髪が浮いて、ノートがめくれた。やわらかい光と緑の匂いに顔を撫《な》でられて、目を閉じる。

なだれてくる春を一身に受け止められるのは、窓際の特権だ。ホームルーム中じゃなかったら、思いきり伸びをするのに。あいにく先頭だから、目立つことはできない。

うちにサンルームがあればこの幸せがいつでも手に入るのになあ、とぼんやり思う。

本気かどうかわからないけど、この前急に、悟くんがサンルームが欲しいと言い出して（瞳子さんいわく、昼のＤＩＹ番組で特集をしていたらしい）、初めはなんのこっちゃと聞き流していた私も、検索し終える頃には、いったん話を聞こうか、と身を乗り出していた。

太陽の光を集めてくつろぐためだけの空間、なんて、こんなに優雅で贅沢《ぜいたく》なものがあるだろうか。

晴彦もめずらしく乗り気で、サンルームにはこういう物を置くらしい、とわざわざ参考画像を見せてきたぐらいだ。

三人とも、もう作る気まんまんでいたのに、実行に移そうとした段階で、瞳子さんが現実面を並べ立ててはねのけた。費用面、施工面、防犯面等々。

こういう、うっとりするようなものには瞳子さんがいちばん食いつきそうなのに。二人がうちに来てから半年以上経つけれど、まだまだ読めないことだらけだ。

結局、晴彦も、瞳子さんが反対だと知るや、ま、なくてもいいし、とあっさり向こう側に回ってしまった。そのまま、膠着《こうちゃく》状態だ。

カシャ、とちいさなシャッター音が聞こえて振り返ると、後ろの席の野田さんが、携帯を手に、しまった、と肩をすくめている。どうやら、間違えて音の出るカメラで撮ってしまったみたいだ。田村先生は廊下側の列からプリントを配っていて、こちらには気づいていない。

野田さんは、私が見ていることに気づくと、照れくさそうに笑って、あれ、と指さした。

指の先に目をやると、よく晴れた空を、細く長いひこうき雲が走っている。撮りたくなるのもわかる、見事な真一文字だ。真っ青な四月の空を、綺麗に引《ひ》っ掻《か》いている。

ばさっ、と机の上にプリントが放り捨てられた。一枚取って、残りを後ろに回す。

配り終えた田村先生が、声を張った。

「提出期限は一週間後。その後、五月の中間テストの結果を元に、保護者面談だ。まだ高二、だと思っている人も多いだろうが、もう高二、だからな。しっかり考えて書きなさい」

野球部の顧問にふさわしい、はつらつとした調子で、進路希望調査票の説明をしている。つばが机に飛んだのか、真正面に座っている子が、迷惑そうに身を引いている。

つくづく、端っこでよかった、とあくびをした。


ホームルームを終えて、教室の出口で毬江ちゃんと合流する。毬江ちゃん越しの窓に桜が舞っていて、平和な光景に、目がとろん、となる。

「ちぐさちゃん、眠そうだねえ」

「ばれた？　もうね、春大好きなの。ゆったりしてて、気持ちよくって、ずっと夢の中で泳いでるみたい」

「窓際だもんね。いいなあ」

「先頭だけどね」

「教壇から見たら、意外と視界に入ってないかもよ。灯台もと暗し、みたいな。あ、こっち寄っていい？」

「ほいほい。いーよ」

図書室にでもいくのかな、と毬江ちゃんについていくと、「進路資料室」と書かれた部屋に入っていった。

一度も入ったことのない部屋だ。壁面の本棚には、ぶ厚い参考書や過去問がぎっしりと並べられていて、日に焼けた本の甘い匂いがする。埃《ほこり》が光にきらきら舞っていて、鼻がむずむずする。

毬江ちゃんが衝立《ついたて》の奥へと消えたので、のぞいてみると、パンフレットやチラシが置かれたラックから、手早く専門学校の資料を抜き取っていた。

「毬江ちゃん、専門学校にいくの？」

てっきり大学進学だと思っていた。うちの高校は、大半の生徒が大学に進む。就職や、専門学校という選択は頭から抜けていた。

「まだどこかは決めてないんだけどね」

クリアファイルに挟み終えて、終了、と出口に向かう。

「うちさあ、パパが転勤族で、ちっちゃいころから、もー、日本全国めっちゃ引っ張り回されて、すんごい嫌だったの」

「そうなの？」

「うん。北から南まで、いろんな所にいったよ。田舎も、都会も。だいたい二年ぐらいでさよならだったけど。単身赴任してくれればいいのに、家族はいっしょに暮らすべき教の人だからさ」

夕飯も俺が帰るまで待つべしー、と、毬江ちゃんがいかめしい声を出した。

「わたしはパパみたいに会社都合とかで自分の住む場所決められたくないんだよね。だから、専門学校で勉強して、資格職に就《つ》くの。そしたら、自分で選んだ土地で働けるで、しょっと」

毬江ちゃんが階段の中ほどから飛び下りた。踊り場でくるっと回る。

「ちぐさちゃんは？　大学？」

「うん、今のとこは」

あれ、でも。

大学は大学だけど、学部までは考えたことがない。文系を選んだのも、理数科目が苦手だから、という理由だ。将来から逆算して選んだわけじゃない。

というか、大学生以降、自分がどうやって生きているのか、想像をしたことがない。進路希望調査票も、とりあえず地元の大学を書く気だった。だって、まだ高二のはじめだ。

でも、そっか。絵美だってスポーツ推薦を取るためにもう動いている。そっか、みんな、もう考えてたんだ。

てのひらが、じわっ、と湿った。誰に見られているわけでもないのに、すました顔で階段をゆっくりと下りる。

大丈夫。探せば、あるはずだ。好きなこととか、やりたいこととか。私、休みの日ってなにしてたっけ。部活も入ってないし塾もいってないから、とりあえず学校の宿題をして、あとはテレビかネットを見てリビングでごろごろして。絵美たちと予定が合えば買い物にいったり、流行の映画を見たり、たまに本を読んだり。

ついに、最後の一段を下りきってしまった。

あれ、もしかして、私、なんにもない？

「ちぐさちゃん？」

昇降口で毬江ちゃんが待っている。逆光がまぶしくて、目をほそめた。


帰宅すると、部屋の机に箱が置いてあった。

制服のまま、その箱を抱えて晴彦の部屋に向かう。

「晴彦、いる？」

扉に顔を近づけて、小声で訊《たず》ねる。

「いる」

「あれ届いたんだけど、今いい？」

しばらくすると、戸が引かれた。思ったより間近に晴彦の顔があって、思わず身を引く。目線の高さにまだ慣れない。

晴彦の体は、この半年間で急に大きくなった。縦にも、横にも。

私より低かった背丈は、すこし見上げるぐらいにまでなっている。手足も伸びて、肩幅も広くなって、どこもかしこも、めきめきと成長している。まるで、晴彦の内側に眠っていた誰かが、思いきり手足を伸ばして外に出ようとしているみたいだ。

「入って」

手招きされて中に入ると、晴彦はためらいなくTシャツを脱ぎ捨てた。

西日に白い背中が浮かぶ。首に手を添えながら肩を回すと、肩甲骨《けんこうこつ》が盛り上がって、くっきりと陰影がついた。余分な肉を刷毛《はけ》で払い取ったような、直線的ですっきりとした上半身だ。凝視するのも気が引けるし、かといって目を逸《そ》らすのも露骨で、間を取って、晴彦越しに壁掛けカレンダーを見ておく。

そうこうしているうちに、晴彦は箱も包みも開けて、中に入っている黒いブラジャーを手に取っていた。

胸元は左右がやや広く開いている気はするけれど、男性用のブラも、ぱっと見は案外女性用と変わらない。

ホックを留めようと前屈《まえかが》みになった晴彦が、うめき声を漏らして腰をさすった。成長痛がどんなものかわからないけど、目の当たりにするたび、体をつなぐ蝶つがいが壊れてしまうんじゃないか、とはらはらする。

晴彦が姿見の前に立ち、具合を確認している。

「どう?」

「だせえ」

一刀両断だ。

「全体的にぺらいし、刺繍《ししゅう》もレース付けも、こうしとけばいいだろ、みたいなデザイン。胸と背中にはフィットするけど、着ける気になんねえ。黒ならまだいけるかと思ったんだけどな」

そう言って、残念そうにブラジャーを外した。

近寄って、じっくりと見てみる。

カップの部分には黒くて丸っこい花が所狭しと敷き詰められていて、ふちの部分には薄いレースが飾り付けられている。それだけだ。晴彦が時折着けて見せてくれるブラジャーには到底及ばない。

晴彦のおかげなのか、せいなのか。この半年で、私もけっこう目が肥えてしまって、ブラジャーを買い足すときにもデザイン性の高さを重視するようになった。

でも、凝っててかわいいものって、やっぱりちょっとお高い。お小遣いの中でやりくりしているから、安くすませたい気持ちもあるにはあるけれど、結局ときめきには逆らえなくて、えーい、と買ってしまう。

このブラジャーには、なんていうか、えーい、とさせるような力がない。

「あれだね、気合いが足りないね」

それ、とTシャツを被《かぶ》りながら晴彦が言った。オーバーサイズ気味で、かなりゆったりとしたつくりのTシャツだ。晴彦は最近こういう服をよく買うようになった。今、ジャストサイズを買うわけにはいかないんだろう。

晴彦の体は、この半年間で急に大きくなった。縦にも、横にも。服を買い換えるほど、そして、女性用のブラジャーが苦しくなるほどには。

ホックはぎりぎり留められるようだけど、物によっては、肩紐《かたひも》の長さが足りない。体に厚みが出たせいで、ある箇所は食い込んでいるのに、ある箇所はかぽかぽと浮く、という状態だ。悩んだすえ、試しに一度、男性用のブラを買ってみよう、という話になって、私が代理でネット注文した。

女性用だとサイズが合わなくて、男性用だとデザインがだめ。なんとかならないものか。

「手持ちのやつにさ、ちょちょっと手を加えるとかはだめなの？　晴彦、そういうの得意じゃん。すそ丈とかも直してたし。それと同じように布足したり取ったりして」

「まあ、できなくはない、と思うけど。でも、すそ丈を直すのとは、わけが違うし」

反応が悪い。できなくないならやればいいのに。なにがだめなんだろう。

晴彦の浮かない顔はあんまり見たくない。どうにかできないかな、と考えて、あっ、と思いついた。

「じゃあ、一からつくる人になればいいじゃん」

我ながら名案だ。

「そうよ、今ないなら、晴彦がおしゃれな男性用のブラジャーをつくればいいのよ！　ね、そういうデザイン系の学校とかいってさ。あっ、そうだ、そしたらさ、私、経営学部とかいくよ。で、晴彦がつくったブラを売るお店をやるの。店内のレイアウトもこだわってさ。すっごくいいアイディアだと思わ」

あのさ、と晴彦に遮《さえぎ》られた。

「そういうことを押しつけるな」

「押しつけるって、べつにそんなつもりじゃ」

「じゃあ、利用するな。経営でもなんでも、ちぐさがいきたいならいけばいい。でも、おれを理由にするな、って話」

とりつくしまもない。

「注文、ありがとな。これ、いくら？」

この話はおしまい、とでもいうように晴彦が調子を変えた。

「いいよ。いらない」

「わけわかんない拗《す》ね方《かた》すんなって」

「べつに拗ねてない」

拗ねてないけど、ちょっとぐらい乗っかってくれたっていいのに、と思う。

きらびやかでもいい。シックでもいい。年齢も性別も関係なく、ブラジャーが好きな人たちがこぞっていきたがるような内装のお店。しとやか、大胆、繊細、いろんなデザインのブラを取りそろえて、サイズ展開も豊富にして。試しに着けて、それもいいですね、なんて見せ合えるような場所もあったりして。

すごくすてきなお店になると思ったのに。いいじゃん、と乗っかって、気を取り直してくれると思ったのに。

「じゃあ、受け取る気になったら言って」

言い合っても無駄だとばかりに、晴彦は話を切り上げてしまった。ブラをたたんで、箱を解体して。

まだいいんの？　と態度が告げていた。


一学期の最大のイベントは、球技大会だ。クラス替えが終わると、チーム分けや自主練習が始まって、心が一気に球技大会に向き始める。

球技大会のいいところは、三学年合同ということだ。他の学年の人と交流できる機会なんてめったにないから、みんな自然と浮き足立つ。

ただ、当日はなかなかにせわしなく、自分の試合をこなしながら、審判としても駆り出されるから、校庭、第二グラウンド、テニスコート、体育館と、あちこちに移動するはめになる。

球技大会が終わる頃には、新入生も校舎の位置関係を摑めるようになる、という寸法だけど。

午前のバレーボールは早々に負けてしまった。卓球の審判までは時間がある。体育館を抜け出てぶらぶらしていると、フェンスの向こうで、わあっ、と歓声が起こった。

近づいて見ようとした瞬間、突風に煽《あお》られてもみくちゃにされる。巻き上がる砂に目をつむって、ほうほうのていで校舎裏に逃げ込んだ。

目をこすって、髪を整えて、足を止めた。

智くんだ。

こちらには気づいていない。パンジーの花壇前で、女の子と談笑している。腕を組んだまま背を屈めて、ん？　と耳を傾けている。背の高い智くんが言葉を拾うためによくやる仕草だ。なにを話しているかまではわからない。でも、女の子の笑い声だけが妙にクリアに聞こえる。

ぼおっ、と見ていると、智くんと目が合った。反射的に背を向けて、元来た道を急ぐ。そんな必要はないのに、逃げてしまった。

智くんとは、あのけんか別れ以来、一度もしゃべっていない。登下校や移動教室で見かけることはあっても、お互い気づかないふりをしてやり過ごした。

半年前までは、誰よりも親しい男の子だったのに。今ではもう、誰よりも遠い男の子になってしまった。

「ちぐさ！」

「うわっ」

後ろから突然、肩を強く引かれた。

振り返ると同時に、智くんが、

「彼女じゃないから」

と言った。

「かの、えっ？」

「確かに最近仲はいいけどふつうに友だちだし、ちぐさとはもうこういうこと言う関係でもないけど、でも、すぐに彼女つくったとか思われるのは嫌だったから、とりあえず」

続けざまにひと息で言う。理解するのに数秒かかった。

それを言うためだけに追いかけてきたんだろうか。

とりあえず、わかった、と返したけど、それ以上、言葉が出ない。智くんの言うように、私たちはもう弁解しあう間柄じゃない。

律儀さに感心するのと同時に、あの女の子を置き去りにして私を追いかけてきたんだと思うと、胸がへんなふうに跳ねて、嫌な優越感を覚える。

智くんはほんとうにそれを伝えるためだけに追いかけてきたみたいで、ここから先、どうしていいかわからない、と顔に書いてあった。

「えーと、そうだな。そっち、なに出てんの」

「午前はバレーで、午後はドッジボールだよ」

「ドッジ？　ちぐさ、去年顔面にくらっただろ。大丈夫なのか」

心配そうに眉をひそめている。

そういえば、そんなこともあった。鼻から盛大に血を出して、押さえたてのひらが真っ赤に染まって。友だちも先生も軽くパニックになっていた中、助けてくれたのは、見に来ていた智くんだった。

俺ら、別名鼻血吹き部だから、と、からから笑いながら、先生よりも適切な処置をしてくれた。

「大丈夫。顔面は死守するよ。それに、鼻血出ちゃってもさ、智くんが教えてくれた止血方法ちゃんと覚えてるし、できるよ」

小鼻をつまんで、下を向く。大丈夫、覚えている。鼻血が出たとしても、もう智くんはいないから、自分でなんとかしなくちゃいけない。胸がじくりと痛む。智くんも顔を歪《ゆが》めたのがわかった。

「……智くんは、なにに出てるの?」

「バスケとサッカー。バスケはまだいいけど、サッカーはすげえ気い遣《つか》う。目立ちすぎてもダメだけど影すぎてもダメ。ほんっとアシスト地獄。立ち回りが難しすぎて純粋に楽しめないんだよな。俺もバレーとかにしときゃよかった」

「それ、去年も言ってたね。来年は絶対違う種目に出るって息巻いてたのに」

「マジ?　そんなこと言ってた?　成長しねえなあ俺も」

あれだけ嘆いていたのに、ほんとうに覚えていないらしい。きっと今回も断りきれなかったんだろう。去年も、そうだった。たった一年前のことなのに、すごく昔のことのように感じる。春の思い出はやっかいだ。あたたかくてあかるくて、過剰に美しく感じる。どこを取り出してみても、光に包まれていて、幸せだったように思える。つい手を伸ばしそうになる。

「俺、正直まだちぐさのこと好きだよ」

ぽろ、と智くんが言った。まるで、同じ光景を見ていたみたいに。

うん、と返す声が、かすれた。

そう言ってもらえるのは、率直に、うれしい。でも。

「でも、元通り付き合いたいとも思わないんだ。ちぐさの中で、俺より優先順位が上のやつがいるのがゆるせない。そんなふうに考える自分も嫌なんだ」

「優先順位が上のやつ?」

「弟」

弟? と思って、ああ、晴彦か、と気づく。けんか別れのきっかけも、晴彦だ。智くんは、晴彦に引っかかり続けている。今でも、まだ。

「優先順位なんて、ないよ。晴彦は晴彦だし、智くんは智くんだもの」

「建前だよ。それとも気づいてない? 自分のことは自分で見えないもんな」

おかめはちもくだよ、と、智くんは言う。

「この際だから訊《き》くけど、ぶっちゃけどうなの。血、つながってないんだろ。年も近いし。一緒に暮らしてて、意識するとかないわけ。それとも、ほんとに家族として見てんの？　弟として。そんなこと、可能なの？」

　ストレートな質問だ。血がつながっていないということ。異性であるということ。年が近いということ。

　要素だけ並べていけば、勘ぐりたくなるのも仕方がないと思う。

　智くんは、とても真剣だった。茶化すとか、当てこすりとかじゃなく、ほんとうに、晴彦がどこに分類されるのか、知りたがっていた。そうすれば、晴彦の得体が知れて、安心できる、というように。

　今ここで、智くんの不安を解消するのはかんたんだ。完璧に弟だよ、と言えばいい。いかにもそれらしく、まっすぐ目を見て、納得感をもたせて。

　智くんは私のことがまだ好きだと言う。うまくいけば、やり直せるかもしれない。そういうのは、得意だったから。

　止めていた息を、ふう、と吐き出した。

「正直、わからないの」

「わからない？」

「うん、家族とか友だちとか、あの子を、晴彦を、ぽいっ、としまえる箱があればいいんだけど、それが見当たらないの。どこかに嵌《は》まりそうで、どこにも嵌まらなくて」

「意識もしない？」

「今のところはね。それどころじゃなかったのもあるしさ。嵐の中で出会って、これからなんとかいっしょに生き延びましょう、って人を、お互い意識したりしないでしょ」

「いや、ハリウッドならありえる」

智くんが至極まじめに言うので、思わず吹いてしまった。そういえば昔も、少女漫画なら、とか言っていた。ずいぶんといろんなところから、「様式」をダウンロードしているらしい。

「まあね、可能性もなくはないよ。智くんが言うように、いつかはどきどきしちゃうかもしれない。でも、しないまま、わからないままかもしれない。今、うそなしで言えるのは、これだけ。だめかな？」

うーん、と、智くんが眉間《みけん》にしわを寄せて、それを中指でぐりぐりとほぐした。

「俺にはその感覚わかんないけど、まあ、ちぐさがそう思ってる、ってことは、わかった」

「よかったら、智くんも一度会ってみてよ。案外仲良くなれるかも」

「俺が？　ぜったい嫌だよ」

「どうして？」

「いいやつだったらどうするんだよ。っていうか、たぶんいいやつなんだよ。ちぐさがそんだけハマってるんだから。冷静になればわかるっていうか。でも、俺は憎々しく思ってたいわけ。

俺とちぐさを分断しやがって、って。ださいから言いたくなかったけど」

言いたくなかった、というわりには、すがすがしい顔だ。

自分の感情に正直で、汚いところも、スパッと認めてしまえる潔さ。智くんのこういうところが、好きだった。

「智くん、もういったほうがいいよ」

さっきの女の子が、時計とこちらを見比べながら心配そうに様子をうかがっている。振り返った智くんが、やべ、と頭を掻いた。

今いく！　と声をかけると、女の子は顔の前で手を合わせながらぺこぺこと頭を下げた。勢いあまって、合わせた指先がおでこに刺さってしまい、痛そうにさすっている。その様子に、ふたりで笑い合う。

「いい子だろ」

「そうだね」

ふしぎと、それほど胸が痛まなかった。

じゃあね、と手を振る。

「ちぐさ！」

振り向くと、曲がり角から智くんが顔を出して叫んだ。

「うち来るの、遠慮するなよ！　俺と別れてから、絵美ともうちで遊んでないだろ。そこらへんはちゃんと分けられるから、俺。ちぐさが家にいるからって、泣いて暴れたりしないし」

じゃ！　と冗談めかして、智くんが去っていった。


「送料税込み三千六百五十四円」

口にしてから、扉を開ける呪文みたいだなあ、と思う。

待っていると、戸をすっ、と引いて、晴彦が顔を出した。

「お釣りある？」

千円札を四枚と五円玉を一枚渡される。計算していると、三百五十一円、と答えを言われた。

「早いね、計算」

「昔ちょっとだけそろばんやってたから」

「そろばん？」

そう、と晴彦が空中で指を動かす。

「今ので計算できてるわけ？」

「うん」

「え、やば。千ひく百五十は？」

「八百五十。ていうかこれぐらいふつーに暗算でもできるだろ。出すならもっと複雑なの出せよ」

ふ、口の端がほころぶ。あきれ半分の、やわらかい笑み。「ぶっちゃけどうなの」という智くんの問いかけが顔をのぞかせて、ここで出てくるのはおかしいから、と頭の中で手を振る。

お釣りを渡したら言おう、と思っていたら、晴彦に先を越された。

「この前は、ちょっと言いすぎた」

「えっ」

「間違ったこと言ったつもりはないけど、たぶん、言い方がきつかった、と思う。あんた、なんかヘンに打たれ強いから手加減忘れるっつーか。ここに来たての頃とか、おれ相当きつかったと思うけど、めげずにかまってくるし。そのへんのことも含めて、ごめん」

待って待って、と慌てる。晴彦に謝られるなんて想定外だ。

「違う違う、謝んないでよ。これは、私がごめんなさいなんだって。経営学部いくとか言ってさ、晴彦ありきっていうか。言われたとおりすぎてぐうの音《ね》も出ないし。晴彦の言い方も、まあ、もう慣れたっていうか、気にしてないから」

「言ってることが正しいからって、どんな言い方してもいいわけじゃないだろ」

「ちょっと晴彦、大丈夫？　殊勝すぎてこわいよ。やばいもんでも食べた？」

「そういうとこだぞ、あんた」

軽く蹴られて、痛《い》て、と言ったけれど、ひさしぶりに蹴られて、ほっとする。晴彦から態度と口の悪さを取ったら、いよいよだ。晴彦は、まだ中三なんだから。

そうか、中三だ。晴彦は中三だった。

「晴彦は、志望校どうするの？」

「突然なんだよ」

「や、ちょっと参考までに」

「今んとこは、川西か真山で考えてる」

「えっ、掬星《きくせい》いかないの？　晴彦の成績だったら、大体の子は掬星目指すもんじゃないの」

掬星高校は、地元のトップ校だ。自由な校風で、校則もなければ制服もない。成績的にも校風的にも晴彦にぴったりだと思っていた。

「……べつに、いいだろ。成績通りの高校いかなきゃいけない義務はないんだから。川西も真山も家から近いし」

晴彦にしては歯切れの悪い物言いだ。

成績通りの高校にいく必要がないのは、そのとおりだ。でも、あえていかないと言うのなら、何か特別な、しっかりとした理由があると思っていた。家から近いという理由で高校を選ぶ子はたくさんいるけれど、晴彦がそうだとは思えない。

「それ、瞳子さんと悟くんには言ってるの？」

「そのうち言う。自分で」

勝手に言うなよ、という釘刺しだ。

言うなと言うなら言わないが、どうにも釈然としない。かといって、これ以上粘っても、晴彦から返ってくる答えに変わりはなさそうだ。

お風呂沸いたわよ、と階下から呼ばれて、はあい、と返事をする。

「晴彦どうする？　先入る？」

「後でいいよ。いっしょでもいいけど」

「ええ？　まあ背中流すぐらいなら」

「ばか、乗るなよ。ちゃんとつっこめ」

晴彦が顔をしかめた。

はは、と笑う。

「で、いくらだっけ。お釣り」

「三百五十一円！」

ほら、と手を出される。九枚の硬貨が、晴彦のてのひらにすっぽりと収まった。


絵美の家は、長い坂の先にある。

坂の勾配《こうばい》自体はゆるやかだけど、初夏の陽射《ひざ》しは思ったよりもきつくて、途中でカーディガンを脱ぐ。うなじをさわると、うっすらと汗ばんでいた。心なしか、前に来たときよりも坂が長く感じられる。

絵美の家、ということはつまり智くんの家でもある。訪れるのは、別れて以来、初めてだ。智くんはああ言ってくれたけど、やっぱりすこし、緊張する。

冷遇覚悟でインターフォンを鳴らしたけれど、現れた絵美のおかあさんは、おどろくほど上機嫌だった。

まあまあちぐさちゃん、とひとしきり懐かしがった後、私の服装や髪のつやを褒めたたえ、ふかふかのスリッパをひざまずく勢いで履かせ、わざわざデパートで買ってきたというフルーツタルトをお盆に載せて渡してくれた。

もともとよくしてくれる人だったけど、今日は歓迎ムードがいきすぎている。最後は逃げるようにして絵美の部屋に転がりこんだ。

「あ、あんなかんじだっけ、絵美のおかあさん」

「勉強会だからでしょ。あたしが部活にいかずに勉強してるから、機嫌いいんだよ。あたしの〝目が覚める〟ことをずっと願ってるから。ちぐさ親ウケいいし、今日は先生役なわけじゃん。そりゃああなるよ」

絵美が苦虫《にがむし》を嚙みつぶしたような表情を浮かべる。

「陸上、反対されてるの？」

「反対っていうか、あり得ない、だね。どうやら高校までのお遊びだと思ってたらしくて。走ることがなんの役に立つの、の一点張り。もー、ずっと戦争状態」

「あれだけ大会で実績残しててても?」

「関係ないね。うちの親、どっちも、いい大学いっていい企業に就職してそれがふつうの成功、ってかんじの人たちだからさ、それ以外の道が信じらんないんだよね。今んとこトモが唯一の味方だけど、来年にはいないからなあ」

やれやれ、とわざとらしく肩をすくめているけれど、ちっとも困っているようには見えない。絵美の腹は、もう決まっているんだろう。

「でも、陸上でつらぬくんでしょ」

「そ。あたしたちってさあ、ほっといてもそのうちおとなにはなっちゃうじゃん。年は勝手にとっていくし体も今みたいには動かなくなる。くやしいけど、絶対に」

「うん」

「でも、そのうち夢は叶わないし、誰かが叶えてくれるもんでもないからさ。親に反対されたから走るのやめてふつうに大学いって就職して。そんでふとしたときに、あー、あのとき反対されてなかったらもっと違う人生があったのかとか考えちゃって親のせいだー、って恨んじゃって。そういうジメッとしたのがヤなのよあたし」

はい、とスウェットを渡されて、スカートと穿《は》き替《か》える。あぐらを組んで、ローテーブルに肘《ひじ》をついた。

「絵美も毬江ちゃんもしっかり考えてるんだねえ」

「マリはどうするって？」

「専門学校にいく、って言ってた。働く土地を自分で決めたいから、資格職に就くって」

「へえ、働く土地ねえ。あたしなら、いいコーチがいて、いいトレーニングができる大学ならべつに全国どこでも飛ぶし、なんなら日本じゃなくてもいいよ」

土地がどうとか心底わからん、とあっけらかんと言い放つ絵美に苦笑する。

「ちぐさは？　どうするの？」

「正直、さっぱり。今好きなことも、将来やりたいこともないし。進路希望も適当に書いて出しちゃった。っていうかこれがふつうじゃないの？　まだ高二の春だよ？　絵美と毬江ちゃんが早すぎるんだって」

「そう？　早いに越したことはないでしょ。ま、とりあえず大学にいっとくのもありじゃない？　で、理系の英語はここのページまでが範囲なんだけど」

絵美が問題集を開いた。

「もう、自分から振ったくせに」

「ごめんて。でも今回ほんとにやばいんだって。助けてよ」

ね、と拝まれて、しょうがないなあ、とリュックから参考書やノートを取り出す。まあこればっかりは絵美に相談して答えが出るものでもない。

絵美はやばいと言っているけれど、一学期の中間は範囲が狭いから、そこまで詰めて勉強しなくても大丈夫なのにな、と参考書をぱらぱらめくる。そう油断したのが、よくなかった。

テストの結果は、がたがただった。

どの科目も軒並《のきな》み点数が下がっていて、特に、いちばん得意なはずの英語の落ち方がひどかった。

グラマーもリーディングも、いつもなら八割ぐらいは取れるのに、今回は平均点にも届いていない。

見直していると、完全正解で点数がもらえる問題をことごとく落としていることに気がついた。範囲指定されていないから、と一年の復習を怠《おこた》ったせいだ。単元が組み合わさった問題は、どこかしらを間違えて完答できていない。長文読解も、問題集の範囲内から出ると勝手に思い込んでいたら、範囲内の単語と構文を使った応用問題が出題された。全体の和訳ついでにしか構文を押さえていなくて、対応できない。勘だけで解き進めたら、読みが外れて、配点が高い大問の後半を丸ごと落としてしまった。

復習不足にあやふやな暗記、表面をさらうだけの対策。もう言い訳のしようもない。

来週は、この結果を元にした保護者面談だ。自分が書いて出した大学のレベルは覚えている。最悪だ。

当日、なにかの手違いで瞳子さんが来ることを祈っていたけれど、校門の向こうから当たり前のように悟くんがやってきて、落胆する。会社を休んでまで、悟くんが来なくったっていいのに。

私には悟くん、晴彦には瞳子さん、と、やっぱりまだ、なんとなくは分担がなされている。スーツ姿で気合いじゅうぶん、いかにも担当責任者です、というような悟くんの表情にげんなりする。うちじゃ、基本的にテストの点を報告する習慣はない。今からどういう話がされるか、悟くんはまったくわかっていないだろう。ぴかぴかの笑顔を浮かべて、ちぐさー、と手を振っている。ほんっとうに最悪だ。

予想は当たって、田村先生は私のテストの結果と進路希望調査票を、バン、と机に並べて、ふーっ、と鼻から息を出した。

「書いてくれてる希望大学ね、ここも、ここもここもここも。そんな甘い大学ではないから。中川も真面目に授業受けてくれてるけど、真面目なだけで受かるもんでもないし。家では毎日どのぐらい勉強してる？」

「いち、にじかんぐらいだと思います」

「足りない足りない。帰宅部がそんな量でどうするの。部活やってる人間はね、馬力が違うんだよ。特に運動部は。あいつらは帰宅部にはない根性を持ってる。最後の追い上げがすごいんだ。連中が引退するまでに貯金しとかないと。な？　幸いまだ高二だから、これからいくらでも挽回《ばんかい》できる。明日から、いや今日からやろう。平日は最低でも三時間、休みの日は五時間。先生と約束できるか？　そうだ中川さん、お勤めでお忙しいでしょうが、ちぐささんの毎日のがんばりを気にかけてやってください。もう高校生ですし過度な干渉はいけませんが、何事も、親に見守られている、という感覚が大切なんです。こどもはその期待に応えよう、と張り切るものなんです。なっ、中川！」

よっぽど、あの調査票は提出期限が迫っていたから適当に書きました、と白状してしまおうかと思ったけれど、口を挟む隙もなく先生が語るものだから、私も悟くんも、はあ、はあ、とひたすらうなずくしかなかった。

帰り道、悟くんは、「あの先生、国宝級の暑苦しさだったな」「座右の銘は絶対に『やる気・元気・根気』だぞ」とおどけた調子で先生を悪しざまに言っていて、辟易《へきえき》する。

だから嫌だったのに。

悟くんは、なんていうか、私を思いやりすぎている。だから、こういう的外れなフォローをする。瞳子さんだったらたぶん、こんな追い打ちをかける真似はしなかった。志望理由あたりをすっと訊いてくれて、そうしたら、私だって、適当にノリで書いちゃった、とか言えたのに。

当たり前のことだけど、田村先生は私のテスト結果を元に、私が書いた志望大学に入るために必要なことを必要な熱量で説いてくれたわけで、言っていることに間違いはない。どの大学にいこうか、なんてうだうだ悩んでいても、テストで点数が取れなければ、選ぶ余地もない。とにかく勉強しよう。言われたとおり、毎日最低でも三時間。休みの日は、五時間。自分の部屋じゃなかなか集中できないから、リビングで。

やってみると、これがけっこういい。

将来がどうとか、余計なことを考えずにすむ。問題を解いている間はそれに集中できるし、解ければ達成感がある。問題集やノートが文字や数字で埋まっていくのも快感だ。

ただ、ちょっとでも休憩すると罪悪感のようなものを覚えたり、そもそもなんでこんなに勉強してるんだっけ、という疑問がちらついてくるから、とにかく休みなく没頭しなくちゃいけない。

解いて、丸つけして、解説を読んで、解き直しをして、また解いて。

あともうすこしで解き終わる、というところで肩をたたかれて集中が途切れた。

悟くんだ。いつの間に帰ってきたんだろう。長文読解の途中なのに。邪魔しないでほしい。

「なに？」

「いや、最近がんばってるみたいだし、勉強みてやろうかと思って」

「いい。悟くんには無理だから」

「無理ってなんだよ。一応、社内会議は英語でやってるんだぞ。学校でやる勉強よりよっぽど実践的な英語だぞ」

言い方に、かちん、とくる。そんなことが言いたくて、私の勉強を中断したんだろうか。

「うるさいな。今は実践的とか要らないの。テストとか受験とかに必要なのは正確な文法なんだよ」

「でもそれって結局人生のどっかで使うためだろ。仕事じゃないにしろ、旅行なんかでもさ。使える英語を」

「使えるとか使えないとか関係ないんだって！　今はテストで点取れなきゃ意味ないんだから！　もう集中できないからどっかいってよ！」

悟くんの言っていることはわかる。でも、社会に出てどうとかの前に、スペルひとつ、時制ひとつ間違えればテストは減点だし入試でも弾《はじ》かれる。私たちは今、そういうところで戦っているのに。

「なあ、ちぐさ、もしかしてこの前の面談のこと気にしてるのか？」

らしくもなく気遣うような口調に、かんべんしてよ、と問題集もシャーペンも投げ出して暴れたくなる。ここ最近の悟くんは、いったいどうしてしまったのか。輪をかけてうっとうしい。

図星かといえばそうで、でもあの面談結果を気にしていること自体、なんとなくかっこわるいし、それで今、態度を悪くしていると思われるのも嫌だ。そうだけど、そうじゃないのに。なんでわかってくれないんだろう。

「あれさ、えらくレベル高いところばっかり書いてたけど、ここから通えてたのしそうな大学なんていくらでもあるんだから、もっと気楽にいけよ。田村先生はああ言ってたけど、まだ高二なんだし」

「ここから通えて？　なんでうちから通う想定なの？　家出るかもしんないじゃん」

「ええ？　ちぐさがひとり暮らしなんて無理だろ」

「無理ってなによ」

「ひとり暮らしって、自分のことぜんぶやる、って意味だぞ。そういうのは家事のひとつでも手伝ってから言うもんだって」

「……それは、今は、そうだけど、ひとり暮らししたらちゃんとやるもん」

「ちゃんと、なあ」

悟くんがにやにや笑っている。腹が立ちすぎて、もどしそうだ。

「あなたたち、気づいてる？」

ソファで読書をしていた瞳子さんが、こちらに目だけやった。

「ふたりとも、お互いおんなじ構文でしゃべってるの。必要ないとか心配だとか、そういうのぜんぶ〝おまえには無理〟でまとめて話をややこしくしてる。はたから見てたらそっくりすぎて笑っちゃうわよ」

「なんだ、聞いてたのか瞳子。ちぐさ、ひとり暮らししたいらしいぞ。あしたから晩飯つくってもらうか」

「悟、あなたがいちじるしくデリカシーに欠けるときはね、だいたい疲れてるときなのよ。早く風呂入ってメシ食って寝なさい」

親指でビッ、とリビングの出口を指す。悟くんはなにか言いたげに口をもごもごさせたけど、あきらめて出ていってくれた。

瞳子さんが悟くんを追っぱらってくれてよかった。あれ以上ここにいられて、なにか一言でも追加されていたら、きっと怒鳴り散らしていた。

勉強に戻ろうとしたけど、むかむかがおさまらない。読書に戻りかけた瞳子さんをつかまえる。

「瞳子さん、マジでなんで悟くんなんかと結婚したの？　私は親だからさ、もう仕方なく一緒にいるけど、瞳子さんは自分で選んだわけじゃん。信じらんないよ。あのかんじ腹立たないの？」

「まあ、なんでか、って訊かれるとむずかしいわね。悟さんに腹立つことなんてしょっちゅうよ。へらへらしてるくせに妙に核心ついてくるし、そのわりには大事なことは遠回しにしか言えないし」

瞳子さんが立ち上がって、キッチンに向かった。

「紅茶淹《い》れるけど、飲む？」

「うん」

「何茶？」

「アールグレイがいい」

はいはい、と瞳子さんが吊り戸棚を開けた。

「前に結婚してた人となにがあったか、ちぐさちゃんは知ってるのよね」

「うん、まあ」

先の冬、瞳子さんと「練習」をした。晴彦の部屋に鍵をかける練習を。持ちかける際に、言った覚えがある。事情は晴彦から聞いている、と。

「どういう流れか忘れたんだけど、それを話すことがあったのね、悟さんに。そうしたら、悟さん、やっぱいいなあ、マジであるんだそんなこと、ってげらげら笑ったわけよ」

目に浮かぶようだ。申し訳なさで頭が痛くなる。

「まー、あのときは腹立ったわね。こっちは慰められる気まんまんだったわけよ。それなのに軽く笑い飛ばされて、あてが外れたっていうの？　ノリも軽いし、なんだこいつ、って。で、そうやって腹立て続けてたら、いつの間にか結婚することになってた」

全然わからない。

顔に出ていたのか、瞳子さんが、そうねえ、と続けた。

「前の人は、ずっとわたしのやり方を肯定してくれたし、やり方が違ったときでもすべてこっちに合わせてくれてたの。ほんとに、どうでもいい、ってかんじでね。それでわたしも、そっちがそういう態度なら、徹底的にやるわよ、って。大事にしてる物わざと捨てて怒らせようとしたりね。反応が欲しくて、試すようなこともした。それでも、あの人は、そうか、しか言わないわけ。そうするとね、腹が立つっていうより、あきらめるようになってくるの。もういいや、って、どんどん、どんどん」

悪いこと、たくさんしたわ、としみじみ言った。

「悟さんはそうじゃないのよね。こっちがひどいこと言ったときは憎らしいぐらい的確に言い返してくるし、もうかまわないで、って怒っても、おかまいなしにずけずけ怒らせてくる。でも、そうやって腹立て続けていくうちに、自分の中に溜まってた不健全さ、みたいなものがちょっとずつ消えていく気がしたのね」

「……瞳子さん、それ、悟くんのしつこさに根負けしただけじゃない？」

瞳子さんが、あっはは、と声を上げて大笑いした。

「そうそう。根負けみたいなもんよ。悟さんのすごいところはねぇ、もう、とにかくめげないのよ。振り払っても振り払ってもかまい倒してくれるわけ。で、それを振り払い続けてるうちに、視界が開ける瞬間もある、ってこと」

はい、と目の前にマグカップが置かれる。瞳子さんが湯気みたいなほほ笑みを浮かべた。

わかったような、わからないような。

「あんたヘンに打たれ強いし」と晴彦に言われたことを思い出して苦い気持ちになる。私も知らないうちに、悟くんみたいなうっとうしいやつになっていたんだろうか。

「さっきの、やり方は最悪だけど、あれでも心配してるのよ。最近のちぐさちゃん、鬼気迫るものがあったもの。根詰《こんつ》めすぎてるように見えたんでしょうよ」

瞳子さんのフォローはとてもさりげなくて、おかげで、うん、と素直にうなずくことができた。

悟くんが心配しているのは、わかっている。まじめに、が苦手で、ああいう言い方でしか心配できない人なのも。勉強は手段であって目的ではないのも。そんなのぜんぶわかっている。ほんとは、勉強したくて勉強してたんじゃない、ってことも。

ぜんぶぜんぶ、わかってはいる。どうすればいいのかってこと以外は、ぜんぶ。


スタート地点に戻ってしまった。

困ったすえに、小学校の卒業文集まで引っ張り出して読んでみたけれど、将来の夢はイラストレーターです、と書いていて、なんの参考にもならない。

これは、回答用の「夢」だ。こどもとして生きていると、要所要所で訊かれるから、こっちもそれに対応すべく、こしらえていただけ。だいたい、イラストも左向きの顔しか描いていなかったし、中学に上がってからは一枚も描いていない。

考えるのはよそう、と思えば思うほど考えてしまうし、考えれば考えるほど、自分のすっからかんさにうちのめされて、いや、でも探せばあるはず、とまた考え始めての堂々めぐりだ。

ここ最近、きちんと眠れていない。心も体も、やわすぎてうんざりする。

夜が更《ふ》けるにつれ、目はじんじんと痛むし、肘や膝から下がだるくて重くなる。体は明らかに疲れ切っているのに、いざまぶたを閉じるとまったく眠れない。どうせ眠れないのなら勉強でもしてみようかと問題集を開いても集中できない。文字を目で追うだけで、内容が頭に入ってこない。いややっぱりとにかく目を閉じるのが大切なんだと照明を落として横になってみても、今度は頭が妙に冴え冴えとして、秒針の音がやけに耳につく。眠らなくちゃ、と体勢を変えても変えてもおさまりどころが悪くて、寝返りをうち続けているとシーツやガーゼタオルが体にぐるぐる巻き付いて、もう！　と起き上がる。

今から眠っても、あと数時間もしないうちに朝だ。昨日も、明け方になってようやく、沈むように意識を手放せた。今日はなんとか新聞配達の音が聞こえるまえには寝たい。

ぼさぼさになった髪を手ぐしで梳《と》かしていると、親指の爪が割れていることに気がついた。割れ目からちぎってみたけれど綺麗に剝《む》けない。残った部分を歯で食いちぎったら、余計に汚くなってしまった。観念して布団から出る。机の中から爪切りを取り出して、パチ、パチ、と爪を切りそろえる。いったん切り始めると、まちまちに伸びた他の指の爪も気になってきて、結局足の爪にまで手を出す。パチ、パチ、パチ、と爪切りの音が不安に響く。夜中に爪切っちゃだめなの、なんでだっけ。どろぼうが来るから？　いや、それはべつか。爪切っててどろぼうが来るのはおかしいよね。私の爪盗りにくるわけじゃないし。とりとめもなく考える。切りすぎて深爪になってしまった。

こんなことをしていたらいつまで経っても眠れない。とにかく考えるのをやめよう。自分で考えるのがよくない。誰かに、なにかに頭を乗っ取ってもらわないと。読みかけの小説があったはず、と本棚から探して抜き取る。

結婚詐欺師の叔父さんと暮らす女の子が主人公で、ある夏の日、叔父さんに騙《だま》された女の人が家を訪ねてくる。その女の人に同情した女の子は、あるだけの現金を持ち出して、女の人と旅に出る。そんな話だ。

栞《しおり》を挟んでいたのは、ちょうど借金取りから逃げ切った続きからだ。ふたりは蒸し暑い川べりに座って、汗だくでフルーツサイダーを飲んでいる。駄菓子屋で買ったありったけのお菓子を並べて、豪遊よ、と笑い合っている。蜜漬けのパイナップルとキウイを沈めたフルーツサイダーを、陽に透《す》かして、生きてるね、と言い合って――。

飲みたい。

つばを飲み込んで気づいた。喉が、ひどく渇いている。

意識するともうだめだった。ちくちくと、刺すような渇きに襲われる。私も今すぐこのフルーツサイダーを飲み干したい。ごくごくと喉を鳴らして、甘いサイダーに浸かったフルーツを口の中でじゅわっと潰して、口いっぱいに甘みや酸味をいきわたらせたい。飲みたくて飲みたくてたまらない。これさえ飲めば、うまく、やすらかに眠れるような気さえしてくる。

どうしても今飲みたい、飲まなきゃ、と部屋を飛び出して階段を駆け下り、キッチンへとまっしぐらに向かう。明かりがつききるより早く冷蔵庫を開ける。あった。サイダーをひっつかむ。近くにあったガラスコップに注ぎ入れると、景気よく泡が立った。気が急《せ》く。早く、早く、飲まなきゃ。冷凍庫を開けて、買い置きのフローズンベリーをぽちゃん、と入れると、サイダーがほのかに色づいた。生つばが出る。ごく、と飲む。もう一口、確かめるように飲む。

味がしない。

ラベルをよく見たら、サイダーじゃなくて、ただの炭酸水だった。喉が刺激されて渇きは癒えたけれど、求めていたのはこんな無味無臭の炭酸じゃない。

なんとか甘みを、とスプーンでベリーをすくって口に含んでみたけれど、凍ったままで、歯に、キン、としみる。耐えきれなくてコップに戻すと、ふやけてもろもろになったベリーが汚く沈んでいく。おかしい。こんなはずじゃない。あの小説に出てくるフルーツサイダーはもっと甘くてとろけて幸せそうだった。フルーツも、宝石みたいに綺麗でかがやいていた。今すぐあれを飲まなきゃいけないのに。

「なにしてんの」

ぱっ、と振り返ると、晴彦が目をこすりながら、まぶしそうにこちらを見ていた。

どう説明したらいいのか、咄嗟《とっさ》に言葉が出なくて立ちつくしていると、晴彦は首をぼきぼき鳴らしながらこちらにやって来た。途中でけつまずいて、痛って、と漏らした。煩《わずら》わしそうに、足首からふくらはぎにかけてをさすっている。

「痛む？」

「べつに。たいしたことない」

すましているけれど、さする手は止めない。夜中、たまに、隣の部屋から出ていく音が聞こえる。痛くて目が覚めるんだろう。

お、と晴彦が私の手元に目を留めた。

「いいもん飲んでんじゃん」

食洗機からガラスコップを取り出して、炭酸のペットボトルに手を伸ばしている。

「よくない」

「え？」

「ぜんぜんよくない。ほんとは、こんなんじゃないの。もっと美味しくて綺麗なの。あの小説のフルーツサイダーは」

「小説のフルーツサイダー？」

「そう。あの子たちが飲んでたやつ」

あの子たち、とふしぎそうに繰り返す。

そりゃそうだ。晴彦は読んでいない。こんなこと言っても仕方がないのに、止まらない。

「あれをさ、今飲まなきゃいけない気がするの。どうしても飲みたいの。でもうまくいかないの。こんな味じゃない。こんな味じゃだめなんだって。見た目もヘン。ぜんぜん綺麗じゃない。

イメージはできてるのに、どうすればいいかわかんない。どうしよう。どうしたらよかったんだろう。私、こんなこともできないんだ」

まくし立てているうちにだんだん興奮してきて、視界が滲《にじ》んできた。晴彦がぎょっと身を引く。

「泣くなよ」

「泣いてない！」

「いや、泣いてんじゃん……」

晴彦が引き気味につっこんだ。

自分でも今ちょっとおかしいのはわかっている。泣いてないと言ったけれど、正直泣いている。泣きたくなんかないのに、鼻はツン、と痛んで、喉がぐっ、と鳴る。

こんな、こんなことで泣くのはへんだ。飲みたいものが飲めないってだけで。もうすぐ十七歳なのに、駄々こねて、なさけない。

「小説ってさ、どんなの？」

洟《はな》をすすりながら、要所要所をかいつまんで話す。

「つまり、出てくる飲み物は、サイダーってことで間違いない？」

「うん」

「甘いんだよな？」

「甘い。とろっとして、でもさっぱりしてて。いくらでも飲めちゃう。体のすみずみにいきわたって、ああ生きてるな、って思えるような味」

わかった、と晴彦が冷蔵庫から桃缶と檸檬《レモン》を取り出した。桃缶のふたを手際よく開けて、スプーンですくったシロップをガラスコップに垂らしていく。炭酸水がとろり、とにごった。混ぜといて、とマドラーを渡される。言われるままにかき混ぜていると、晴彦が檸檬を輪切りにして持ってきた。

「これ、いっかい沈めて」

「こう？」

「そう」

マドラーで押し込むと、晴彦がひと口大に切った黄桃を放り込んだ。黄桃が、泡をまとって沈んでいく。

力を抜くと、檸檬は、ぷか、と浮いてきた。

「これでどう？　分量は適当だから、あとは自分で調節して」

マドラーを抜いて、ぐびっ、と飲むと、桃の匂いと甘みが、ふわっと広がった。追いかけてきた檸檬の酸味が、味をほどよく締めて、香りが鼻から抜ける。もうひと口、もうひと口が止まらない。

スプーンで黄桃をすくって食べると、舌先がすこしピリッとする。噛むと、やさしい歯ごたえがある。口の中でぎゅっ、と押し潰すと、果肉から、甘い炭酸がじゅわっと染み出した。

これだ。

「すごい。これだよ晴彦」

「そりゃよかった」

「おいしい。天才。べらぼうに美味い」

「わかったから」

「神さまの飲み物だよ」

おおげさ、と笑いながら、晴彦は指先についた檸檬の汁を軽く舐《な》め取って、自分の分も作り始めた。

しゅわしゅわ、と炭酸が弾ける音、からから、とかきまぜるマドラーの音がここちよく響く。もったいなくて、ちびちびと飲んでいたら、気づいた晴彦がおかわりを足してくれた。

湊をかんで、丸めたティッシュをゴミ箱に投げたけれど、入らなくて拾いにいく。

戻って席に着くと、頭が冷えて、かんしゃくを起こしていた自分が急に恥ずかしくなってきた。

「なんか、ごめん。さっきちょっとおかしかった」

「ほんとだよ。勢いがとり憑《つ》かれたやつのそれだったよ。びびらせんなよ」

「びびったの？」

「びびったよ。泣くし」

「泣いてない」

「そこはもうみとめろよ」

晴彦が檸檬をもうひとかけ切って、搾る。丁寧な手つきがすごく様になっていて、つい見惚《みと》れる。

「晴彦、檸檬似合うね」

「またわけわかんねえこと言い出したな」

檸檬にラップをかけて、冷蔵庫に戻しにいく。その手も、顔も、冷蔵庫より白くて、こんなに色白なんだ、とあらためておどろく。夜中だからか、発光しているようにすら見える。いや、白いというか青い。

目の下に影が出来ているのも照明のせいかと思っていたけど、隈《くま》だ。

よくよく考えれば、成長痛に受験に、晴彦のほうがナーバスになってしかるべきだ。私なんかより、よっぽど。

「……あのさ、お礼ってわけじゃないんだけど、なにかしてほしいこととかない？」

「あんたに？」

「うん」

「一発芸」

「ごめん忘れて」

晴彦は、うそだよ、と笑った。

「明日ひま？」

「うん。特に予定はない」

「なら、出かけるからついてきて。十一時前には出るから、そのつもりで。三千円ぐらいは要る」

「わかった」

「よろしく」

底に残った果実をすくって舌に運ぶ。

どこに、とか、どうして、とかは訊かなかった。必要なら、たぶん晴彦は言う。言わなかったということは、私には必要ないか、あるいは、言いたくないのか。

ピントが合うように、ありようがはっきりとわかる瞬間がある。今がそれだった。

晴彦は、相手にとってほんとうに必要なことなら、言う。伝えてくれる。

でも、自分だけが知っていればいいこと、抱えておけばいいこと、言ってもどうにもならないことは、言わない。句読点の前後を、誰にも気づかれないように飲み込む。

私は、それが、時にもどかしく、時にさみしい。水はけの悪さを知っても、どうにもできない自分が、ふがいない。

そう気づいた。

電車から降りた瞬間、海だ、と思った。

嗅ぎ慣れない、潮の匂いが鼻孔をくすぐる。ぐるりと見渡してみたけれど、海そのものは確認できない。

電車を彼方に見送る頃には、一緒に降りた乗客たちは姿を消していて、こぢんまりとしたホームには私と晴彦しか残っていなかった。

電車を乗り継いで、二時間半ほど。寝不足がたたって、各駅停車に乗ってからは記憶がない。

夢見心地のまま、「次は?」と訊ねる。

「ここで最後。汐見。おれが生まれて、育った町」

「しおみ」

錆《さ》びた看板に書かれた駅名を読み上げる。昔はここからも海が見えたのかもしれない。

晴彦は海のそばで育ったのか、とぼんやり思う。

「で、今から、おれの父親に会いにいく」

一気に目が覚めた。

「父親? 父親って、あの父親?」

「どの父親か知らないけど、まあ、ふつうに、おれの父親だよ。例の、やらかした、って意味なら、あの父親で合ってるけど」

　そっぽを向いたまま晴彦が言った。口調こそ平然としているけれど、ここまで黙っていたことに、多少なりとも後ろめたさを覚えているみたいで、目を合わせない。前もって教えられていたとしても、べつに断りはしないのに。

　こっち、と晴彦が改札を指す。まさかもう待っているのか、とかまえたけれど、構内にも駅前の広場にもそれらしい人はいなかった。

　店で待ち合わせ、と晴彦が言って、勝手知ったる様子で細い横道に入っていく。

　昼下がりの町はひどく静かで、車も走っていなければ、人も数えるほどしか行き来していない。今年はから梅雨で、六月にしては気持ちよく晴れているものの、大きな雲が絶え間なく太陽の下にもぐりこんでいて、雲の縁が金色に輝いている。隙間から漏れそそいだ光が、揺りかごのように町全体を包んで眠らせている。途中、公園で少年たちが野球をしていて、そこが活気のピークだった。

　ここが、晴彦が生まれ育った町。

　ふしぎな感慨を覚える。平坦で、どう歩いても坂のない町。見分けのつかない団地がぼこぼこと生えていて、そうかと思えば、巨人がむしったあとのような空き地が突然出てきたりする。立ち並ぶ個人商店はなんのお店なのかわからないし、そもそも営業しているのかも外からは判断できない。なにもかもが、私の住む町と違う。

歩きながら、晴彦のおとうさん、について考える。

私が知っているのは、瞳子さんの妹と不倫した、ということぐらいだ。それ以外は、ほとんど知らない。晴彦にとってどういう存在なのか、なんとなく触れてはいけない気もしていたし、そこまで興味がない、というのが正直な気持ちだ。もう退場した人、だと思っていたから。

待ち合わせ場所の喫茶店には、十分も歩かないうちに着いてしまった。

煉瓦《レンガ》造りの落ち着いた外観で、赤いドアの小窓にはステンドグラスが嵌められている。普段あんまり入らないような構えの店で、緊張が増す。

晴彦が慣れた様子でドアベルを鳴らして入っていく。続くと、たちまち珈琲の匂いに包まれた。

とうさん、と晴彦が手を挙げる。窓際のいちばん奥に座っていた男の人が本を脇に置いて応じた。

「晴彦、こちらは?」

「ちぐさ。今いっしょに住んでる。言ってなかったけど、いい機会だし連れてきた」

そっちにも話通してないんかい、とつっこみそうになるのを、ぐっと堪《こら》えて挨拶する。

「はじめまして。中川ちぐさです」

「ちぐささん、はじめまして。晴彦の父親の、青山典文《のりふみ》です。晴彦がいつもお世話になっています」

立ち上がって、深々と頭を下げる。綺麗なお辞儀だった。

それだけで、ああ、晴彦のおとうさんだ、と思う。

銀縁の丸眼鏡からはみだした切れ長の目や、小筆で描いたようなうすいくちびるもよく似ているけど、それ以上に、たたずまいの静けさのようなものが、そっくりだった。

晴彦がお世話になっていーます、なんて。私が先に言ってやればよかった。晴彦はもうそっち側の人じゃないのに。だいたい――と、そこまで考えて、やめた。私は今、必死でこの人のあらを探そうとしている。つじつま、を合わせようとしている。

想像のおとうさんは、もっとこう、無精《ぶしよう》ひげを生やして煙草をすぱすぱ吸っているとか、ちゃらちゃらしてだらしなさそうだとか、そういう人だと思っていた。

でも、晴彦のおとうさんは、そのどれにも当てはまらない。それどころか、晴彦の品のよさは、この人を見て育って身についたものだ、と確信してしまうような所作の美しさがある。

この人がほんとうに、そんなことを？

「とうさん、なに食べた？」

「なにも。珈琲だけだ」

「相変わらずだな。ちゃんと食事しろよ。おれはいつものでいいけど、ちぐさは？」

メニューを渡されて、ええっと、と悩んでいる間にも、ふたりは言葉を交わし始める。学校はどうだ、といった当たりさわりのない会話だ。そばで聞いているかぎり、ぎくしゃくとした様子もない。

おどろいたのは、瞳子さんの話を平然としていることだった。

「瞳子は元気かな」

「元気だよ。最近は薬膳カレーにはまってる」

「そうか。それはよかった」

悪びれる様子もなく、今日の日直は誰かな、そうか山田か、と確認する先生のようだ。

あまりに作業的なので、非難の目を向けていたら、

「決まったんだね」

と、心得たとばかりに呼び鈴を鳴らした。

悔しいことに、頼んだえびフライ定食はとても美味しかった。衣の薄い、ぷりっとした肉厚のえびと、タルタルソースのざく切り卵が甘酸っぱく絡《から》みあって、箸が止まらない。

晴彦は黙ってナポリタンを食べている。おとうさんも、静かに珈琲をすすって、食べる晴彦を見ている。私が会話を仕切るのもおかしな話だから、ありがたく食べることに専念する。

それにしても、晴彦はどうして私を連れてきたんだろう。ここに来てから、私は自分の名前とえびフライ定食しか言葉を発していない。いる意味があるとは思えない。

「晴彦、ミントゼリーも頼むか？」

「今日はいいや」

「ちぐささんは？」

「あっ、いや、私も大丈夫です」

「気になってんなら食べとけよ。美味いから」

「気になって、え？」

「ちらちら見てただろ、それ」

晴彦がメニュースタンドをあごで示した。ばれていた。いやあのその、ともにゃもにゃしていると、

「ミントゼリーひとつお願いします」

と、通りがかった店員さんに頼まれてしまった。

ミントゼリーは、ため息が出るほど美しかった。翡翠《ひすい》を溶かしたような、透きとおった角切りのゼリーが、光を閉じ込めて揺れている。口に入れた瞬間、爽やかなミントの香りが口いっぱいに広がった。さっぱりして、食後にぴったりだ。

「綺麗ね、これ」

「いいだろ。窓際で光を食べるんだ。最高の贅沢だよ」

晴彦がにやっ、と笑う。

「あ、そういや、とうさんはサンルームってどう思う？」

口に運びかけたゼリーを、思わず止めた。

「サンルーム？」

「うちでつくるかって話が出たんだけど、かあさんが反対してて。ま、かあさんが反対ならおれも反対でいいんだけどさ。でも、とうさんだったらどう考えるのかな、って」

晴彦のおとうさんがなにか答えていたけれど、頭に入ってこなかった。

どうしてその話をここでするんだろう。それは「うち」の話題で、この人の意見なんて要らないじゃないか。のろのろと口を開けて、ゼリーを胃に流し込む。

晴彦がうれしそうに話すのも気に入らなかった。

晴彦のおとうさんは、もっとひどいやつで、晴彦もそんなおとうさんを憎んで毛嫌いしている。そう思っていた。そうあればいい、と思っていた。勝手に。

「それで、ちぐささんのおとうさんはどういう人なのかな」

話がいつのまにか悟くんの話題に移っていた。

あらためて、晴彦のおとうさんをまじまじと見つめる。悟くんがどういう人か、ほんとうに知りたくて訊いているんだろうか。「私」が思う、「悟くん」を。

とてもそうだとは思えない。これもきっと、「作業」のひとつだ。

なにより、この人は、この質問を、私にするべきじゃない。

「……それは、晴彦に訊いたほうがいいと思います」

「おれ?」

「うん。私も、気になるし」

「悟さんは、まあ、いい人だよ。おれが知ってるおとなの中で、いちばんちゃんとおとなができる人だと思う」

「ほう。ちゃんとおとな、というのは?」

「うまく言えないけど、ほどよく、を知ってるかんじ。すくなくとも、おれに対してはそう。一定の範囲内でしか揺らがないし、揺らがないように接してくれてる。不安定な連中と暮らしてるとさ、そういう人がひとりいる、ってのはけっこうありがたいんだよな」

不安定な連中、って私と瞳子さんのことだろうか。昨晩の失態を思い返すとぐうの音も出ない。自分でも安定感があるとは思っていないけど、そんな風に思われていたなんて地味にショックだ。悟くんを見習う気はあんまりないけど、情緒の安定に努めよう、と決心する。

ぽーん、と、三時を告げる鐘が店内にこだました。

そろそろ、という雰囲気がただよう。会話が途切れて、お腹はふくれて、ぼんやり眠い。そんなつもりじゃなかったのに、すっかりごちそうになってしまった。

ああそうだ、と晴彦のおとうさんが切り出した。

「次はとうさんがそちらにいくよ」

「次? 年末ってこと? こっちに来てくれんの?」

「ああ。年末に同窓会があるから、ついでに。晴彦もここまでわざわざ来るのは大変だろう」

黒革の鞄から取り出した茶封筒に、追加でお札を入れて卓上に置いた。

「今日の交通費と、少ないが小遣いだ」

晴彦はしばらく無言でそれを見つめて、そういうこと、と漏らした。

「とうさん、同窓会なんて出たことあったっけ」

「幹事がうるさくてね。今回だけ参加することにしたんだ。なんでも、掬星は今年で百周年らしい」

掬星？　晴彦のおとうさんは掬星高校の出身だったのか。思わず晴彦を見たけれど、晴彦は目を伏せたままだった。

「べつに、いいよ」

「べつにいい、とは？」

「べつに、わざわざ時間取らなくていいってこと。半年後はおれも受験直前だし。会ってらんないから。次は、一年後で」

晴彦がつっけんどんに言う。おとうさんが、そうか、とうなずく。

「そういえば、晴彦は中三だったな。どこを受ける気なんだ？」

「まだ決めてない。でも、掬星は、受けない」

間を空けて、おとうさんはまたひとつ、そうか、と言った。

「そろそろ出ようか」

晴彦のおとうさんが腰を上げて、ガラスコップに手を伸ばした。残った水を、窓台に置かれた鉢にそそぐ。からからに乾ききった土が、黒く湿る。濡れた貝殻が、つや、と光った。とてもなめらかで、自然な動作だった。そんなところには気がつくんだ、と思った。


送っていく、という申し出を受けて、晴彦のおとうさんを先頭に、晴彦、私と、なんとなく縦一列になって歩く。なんとも気の重い行進だ。


もう来ることもないのかな、と思いながら町の様子をつぶさに見ていたら、前を歩く晴彦にぶつかった。

「ここ」

晴彦が、棒立ちでお店を見ている。網入りガラスに、白いテープ文字で『テーラーみかど』と書かれたお店だ。薄暗い店内には、作業台や空《から》のハンガーラック、廃材が無造作に置かれている。がらん、としていて、人の気配はない。

「みかどさん、どうしたんだよ」

「ああ、たたんだよ」

「たたんだ？　いつ？」

「ふたつきほど前だ。腰を悪くされてな。跡継ぎもいないからと引きはらって、今はお孫さん夫婦のところで暮らしているそうだ」

晴彦は呆然として、暗い店の奥を凝視している。理由はわからないけど、ひどくショックを受けている。そして、それがまったく隠しきれていない。こんなにも無防備に動揺している晴彦、見たことがない。

晴彦のおとうさんも、さすがにおかしいと思ったのか、

「どうした。なにかあったのか。みかどさんと」

と心配そうに声をかけた。

晴彦が、は、と口を開けた。

もしかすると、な、だったかもしれない。

ぽかん、と口を開けて、なにかを言おうと唇を何度も震わせて、最後に出てきたのは、もういい、という言葉だった。

それから、おとうさんと駅で別れるまで、別れる際にも、晴彦は一言も発しなかった。じゃあ、という挨拶にも応えなかった。

様子が変なのは、確かだ。「みかどさん」が関係しているのも。でも、なぜなのかがさっぱりわからない。

このまま帰るのかな、と様子をうかがっていると、晴彦が、ぱっ、と面を上げた。

あ、と思う。

だめだ。晴彦はまた、あれを飲み込もうとしている。

「帰るか」

「海が見たい」

ほぼ同時だった。聞かなかったふりをして、もう一度、海が見たい、と言った。

「ここに着いてから海の気配がずっとするのに、どこにも見当たんないし。せっかくだから、見て帰りたいよ」

さりげなく、言いつのらないよう、言った。晴彦はすこし考えて、いいよ、と踏切を渡った。

いつのまにか太陽は姿を消していて、空はうすみずいろに染まっていた。細い雲がみみず腫れのように空をはしっている。遠くから、ぼおっ、と重く鈍い音が聞こえてきた。

「これって、汽笛？」

「汽笛。ここらじゃしょっちゅう聞こえるよ。夜中、汽笛の音で目が覚めたりもしてた」

「汽笛って夜中でも鳴るの？」

「信号みたいなもんだから。今の家でも、おれはたまに起きる。この音で」

「えっ、聞いたことないよ、私」

「だろうな。夢の中でだし」

「夢？」

「そう。まっくら闇の中、白いもやがどんどん輪郭を帯びていくんだ。ああ、この夢だ、ってわかる夢。見たくもないのに動けない。そうするうちに、もやが裸の女になる。いつのまにか隣にはかあさんがいて、亡霊みたいに突っ立ってる。女は、おれとかあさんをせせら笑って、とうさんに寄り添ってる。そんな夢の入り口はいつも汽笛が鳴ってる。そういう、ばかみたいな夢」

それは、と言葉に詰まる。うまく切り返せない。

「実際は、そんなことなかったんだ。瑶子《ようこ》おばさんは真っ青な顔でうなだれてたし、服も着てた。かあさんにも、必死で謝ってた。私が悪いの、って。でもさ、ほんとは、心の底では、あの夢みたいな目で、わめき散らすかあさんや、おれを、見ていたんじゃないのかって考える」

たまにな、と付け足した。

汽笛が尾を引いて鳴り続けている。海に向かっているはずなのに、どこから聞こえてくるのか見当がつかない。

「晴彦のおとうさんさ、」

切り出してみたものの、どう続けていいかわからない。すくいあげるように、晴彦が、うん、と続きを促した。

「どうだった?　おれの父親」

「……わかんない。なに考えてるかわかんなくてこわかった」

正直に答えると、晴彦が笑った。

「つかみどころねえよな、あの人。大学で教授やってんだけど、あんなんで学生とコミュニケーションとれてんのか、って思う。でも、物はすげえよく知ってるし、まあ、納得っちゃ、納得だよ」

抜け道、と細い路地を指して、大通りを外れる。きびしい向かい風に、前をゆく晴彦のシャツが大きくふくらむ。

さっきさ、と風に乗って声が流れてくる。

「あの店、なくなってたろ」

「『テーラーみかど』？」

「そう。あそこ、おれが高校生になったら、オーダーのジャケットをつくろうって言ってた店だったんだ」

晴彦がどんどん早足になる。言葉が細切れに聞こえてくる。右に左にと曲がって、民家と民家の間をすり抜けていく。どこをどう通っているのかわからない。方向感覚がおかしくなる。潮の匂いがどんどん濃くなっていく。私はもう、ほとんど小走りだ。風に暴れる髪を束《たば》ねながらついていく。

「うちに、一着だけ、オーダージャケットがあって。ヘリンボンの、ブラウンジャケット。裏地がペイズリーで、クラシックなんだけど、渋すぎなくて。かっこよくて、しょっちゅう、羽織らせてもらってた。とうさんが高校に入学したとき、じいちゃんに『テーラーみかど』でつくってもらったらしくて。おれも欲しい、ってぽろっと言ったら、なら、あそこでつくるか、って。晴彦が高校生になったら、つくるか、って」

飛び出すように曲がって、あ、と声が出た。

海だ。

道路の向こう、防波堤の先に、海が広がっている。

「竹箒《たけぼうき》、気をつけろよ。ここのばあちゃん、いつも出しっぱなしなんだ」

晴彦が道にはみ出したゴザと竹箒を押さえている。引っかからないよう、屈んで道路に出る。

横断して、防波堤にのぼると、先ほどまでの風の強さがうそのような、静かで穏やかな、縫い目のない海が視界に飛び込んできた。

海開き前だからか、砂浜には誰もいない。いや、夏が本格化しても、人はあまり来ないのかもしれない。貝殻だらけの砂、ごつごつと岩が乱立する足場。お世辞にも、パラソルが似合う浜辺とは言えない。

「おれさ、学校帰りによく、みかどさんの店に寄ってたんだ。ボタンを入れてる薬簞笥《くすりだんす》があって、その横の椅子に座らせてもらってた。隣の文机《ふづくえ》でオイルランプが揺れててさ、よく覚えてる。裁ちばさみとか、ミシンの音とか聞きながら、ちょっと寝たり、みかどさんの作業を見たり。みかどさんの手、やさしいんだけど、迷いがなくて。見てて、すげえ気持ちよかった。魔法みたいでわくわくした。そういう話も、おれ、とうさんにしてたんだよ」

晴彦が防波堤から飛び降りた。ざっ、ざっ、と貝殻を踏み砕きながら波打ち際まで歩いていく。

なまぬるい風に吹かれて、髪が顔にまとわりつく。首を振って、髪を払う。晴彦を見ると、風に吹かれるままに、海の向こうを見ていた。

ぼやけた水平線に、うっすらと島影が見える。

「でも、とうさんは忘れてた。笑えるよな、『みかどさんと、なにかあったのか』だってよ。おれが、おれだけが、未だにいろんなもん引きずって大事にしてて、ほんとばからしい」

深呼吸をして、ひさしぶりだな、と伸びをした。ああ、すっきりした、とでもいうように。

「おれ、適当にぶらついてるから。気がすんだら言って」

「すまない」

「は?」

「すむわけないよ、そんな話聞いて」

「そういう意味じゃない」

「私はそういう意味で言ってる。言いなよ、おとうさんに。今私に言ったこと、ぜんぶ。私に言う程度ですっきりしてどうすんのよ。気をすませちゃいけないでしょう」

なんだって晴彦が、晴彦だけが、裏切られた過去と忘れられていく約束にひっそり傷つき続けなくちゃいけないのか。寛大なこどもとして振る舞わなくちゃいけないのか。

私は本気で腹を立てているのに、当の晴彦は、弱ったな、という目で私を見ている。どう宥《なだ》めようか、と駄々をこねるこどもを見る目で。それも含めて、ひどく腹立たしい。気に入らない。

「晴彦が言えないなら私が言う」

きびすを返す。今から追いかけて追いつくわけもないし、どこに住んでいるのかも知らない。というか路地裏を抜けてきたからひとりで駅まで戻れるかもあやしいけど、そんなのもうどうでもよくて、とにかくこのまま帰るのだけは我慢ならない。

憤然と歩き始めたが、すぐに腕を摑まれ止められた。

「やめろって！　余計なことすんなよ」

「余計ってなによ。おとうさんつかまえて、ひとこと言ってやるだけよ」

「それが余計なんだよ。今さらそんなこと言われても、とうさんだって困るだけだ」

「困らせてやればいいじゃない。自分の親相手にどうしてそこまで遠慮するのよ」

「……遠慮なんか、してない」

「おとうさんと会ってること、瞳子さんには言ってるの？」

訊ねると、晴彦の顔色が変わった。

「言うなよ。かあさんには絶対に言うな」

「どうして？　自分の親だよ。会ってるのを黙ってなきゃいけない理由なんかないよ。私が言ってる遠慮って、そういうことよ」

晴彦とおとうさんが会っていると知ったら、瞳子さんも、思うところはあるだろう。私がさっき、気を悪くしてしまったように。

でも、それはこちらが勝手に「気を悪くする」だけの話であって、そんなの晴彦には関係ない。晴彦が会いたいのなら、堂々と会えばいい。晴彦が誰かとうまくいっていないより、いっているほうがいい。会いたいと思う人は、多ければ多いほどいい。そんなの決まってる。瞳子さんの顔色をうかがう必要なんてない。ましてや。

「晴彦が掬星を選ばないのは、おとうさんが理由？」

問いながらも、違う、と確信していた。

晴彦は、おとうさんのことが好きだ。言葉の端々《はしばし》に、隠しきれない好意や敬意がにじみ出ている。おとうさんを軽蔑していて、掬星を避けるんじゃない。避けるのは、きっと。

「瞳子さんが嫌がるから？」

晴彦は黙ったままだ。

「たぶんだけど、瞳子さんもう大丈夫だと思うよ」

前の人、と言ったときの瞳子さんを思い出す。痛みと、懐かしさがないまぜになった表情で、自分を省みて、すこし恥じ入るような口ぶりだった。

「たぶんとか大丈夫とか、適当なこと言うな」

晴彦が、ようやく口を開いた。眉間が、ぐっ、と盛り上がる。

「自分でもわかってんだ。おれは年々、とうさんそっくりになってる。ちぐさも思っただろ、似てるって」

「思ったよ。でも、それがどうだっていうの」

「どう？　ちぐさ、ほんとに気づいてないんだな」

「なにに？」

「かあさん、最近、固まるだろ。なんでもない、ふとした瞬間に。それで、とりつくろうように、笑う。そのときのかあさんの目にはとうさんが映ってる。もしかすると、かあさん自身も気づいてないかもしれない。おれがいちばん、よくわかってる。おれには、とうさんが被《かぶ》さってる。背が伸びて、年取って、どんどん重なる瞬間が増えていく。それを感じ取って、かあさんは怯《おび》えてる。だからせめて、おれはこれ以上、とうさんを連想させるようなことはしたくないんだ」

必死で、自分に言い聞かせているみたいだった。くつがえしようがない、と思わされるような、頑《かたく》なさ。

晴彦は、どうしてここまで瞳子さんに気を遣うんだろう。いったい、なにをこわがっているんだろう。

わからないけど、でも、ここで引いちゃだめだ、というのはわかる。

「そんなの、理由になんないよ」

「おれには充分なる」

「晴彦、前に私に言ったよね。どこの学部でもいきたいならいけばいい、でもおれを理由にするな、って。あんた、そんなこと言ったわりに、同じことしてるじゃない。掬星にいきたくないなら、いかなくてもいいよ。でも、あんたは今、おとうさんや瞳子さんを理由にしてる。利用してる。それとも、保険かけてんの？　落ちても言い訳できるように」

挑発すると、晴彦がにらみつけてきた。苛立《いらだ》ちが全身から発せられている。ひさしぶりだ。不機嫌や怒りをあらわにした晴彦。それでいい、と思う。物わかりのよさなんて、捨てればいい。怒ればいい。うつむいて、黙りこくっているより、よっぽどいい。

どのぐらいにらみ合っていただろうか。

遠くで汽笛が鳴ったのをしおに、晴彦が身体から力を抜いた。

「……かあさんが、かわいそうだろ」

「かわいそうって、それは」

「おれのせいなんだよ。予定より早く帰ることになったの」

遮《さえぎ》って、低くうめく。

「夏、じいちゃんの撮った写真が新聞社のコンテストで入賞したとかで、お祝いに親戚で集まってさ。田舎の、でっかい家で、入れかわり立ちかわりで飲んで騒いで。うるさいしだるいし、早く帰ろう、つってわがまま通したんだ。駄々こねて、態度悪くして。かあさん、途中寄った店で、みかん大福買ってた。パパこれ好きだものね、って。明日学会から帰ってきたらよろこぶわよ、って。電車が遅延して、車内に閉じ込められてもずっと、保冷剤もつかしら、って心配してた。夜中、土産もって、急いで帰ったら、」

言葉を詰まらせた。その先は、私も知っている。

「あんな、あんなふうに裏切られて、あんまりだ」

晴彦が声を震わせた。

「おれがわがまま言わなきゃ、かあさんは、あんな、最悪の形で傷つくことはなかった。とうさんだって、おれたちが留守のときにやったんだ。隠すつもりはあった。もしかしたら一回りのことだったのかもしれない。思い直して、なにもなかったみたいに、生活を続けてたかもしれない。おれがわがまま言ったせいで、ぜんぶ、壊れた。壊したんだ。そのくせ、おれは、とうさんと会うのがやめられない。よくないってわかってんのに、かあさんが悲しむってわかってんのに、やめられない。ふたりが別れるとき、おれを必要としてたのはかあさんだ。一応、どっちを選んでもいいとは言われたけど、かあさんの瞳《め》がはっきりと怯えてた。だから、おれは、あのときかあさんを選んだ。とうさんを切った。当たり前だろ、って顔して。でも、ほんとは、おれは、おれは、」

おれは、と、晴彦が顔をくしゃりと歪めた。どうしても、続きが言えないのだ。

うん、と腕を伸ばした。

うなだれた頭を抱き寄せる。晴彦は、動かなかった。言葉を押しとどめるのにせいいっぱいで、動けなかったのかもしれない。

動揺と、警戒と、興奮と。頭も首も肩も背中もかちこちに緊張している。繰り返される浅い呼吸に、肩口が熱くなる。湿ったうなじから、潮の匂いが立ち上ってきた。

晴彦は、やさしい。

でも、そのやさしさのいくらかは、晴彦の傷口から流れ出たものだ。

悟くんが、ケーキを買ってくる。どれがいい？　と私たちに訊く。晴彦は、必ず、どれでもいい、と言う。私を見て、あんたが先に選べよ、と。私は無邪気によろこんで、ひときわ大きくて、色よいものを選ぶ。晴彦は、なにも選ばない。おとなだなあ、と思っていた。見上げて、甘えるだけだった。

瞳子さんはもう平気だと言っても、自分から進んで部屋の鍵をかけることはない。瞳子さんに言いつけられたことも、必ず守る。瞳子さんの意見には反対しない。嫌がることも、徹底して避ける。えらいなあ、と、ただ感心するだけだった。つぐないのように、自分を後回しにし続けていたなんて、考えもしなかった。

ちいさな晴彦が、おおまじめに考えて、悩んで、苦しみ抜いて出した結論に、やりきれない気持ちになる。傷口も痛みも見えているのに、どうすればいいのか、わからない。

腕に、ぎゅっ、と力を込める。つま先で立って、のしかかるように体重を預けると、晴彦がぐっ、と押し返してきた。

「あんた、ずっと瞳子さんを抱きしめてたんだね。そうやって、突っ張り棒みたいにして、倒れちゃわないように」

傷ついて、へとへとで、立っていられない瞳子さんを、抱きしめることで、支えようとしていた。

「でも、抱きしめ合ったままじゃ、どっちも前に進めないじゃない」

ゆっくりと体を離す。晴彦は目を見ひらいたまま、固まっている。

「私、晴彦のこと好きよ」

宙にさまよっていた両手を、そっとつかまえて、握る。

つめたい皮膚、つめたい骨、つめたい肉。ぞっとするほど、冷え切った手だ。

「私だけじゃなくてさ、悟くんも、瞳子さんも、晴彦のおとうさんも絶対そう。あんたに友だちがいるのかはちょっとわかんないけど、その友だちだって、晴彦のこと、好きよ」

日に日に、伸びる背丈。広くなった肩幅。日頃のおとなっぽい言動に、ようやく体が追いついてきたんだと思っていた。

でも、大切なところは、たぶん、止まったままだ。晴彦の奥の奥の奥、くらくてさみしくて底冷えする場所で、ちいさな晴彦が、今も膝を抱えながら、辺りをじっ、とうかがっている。

「好きってのはつまりさ、あんたにはできれば幸せでいてほしいし、好きに笑って、泣いて、腹立てて、望んでほしいって、思ってるってこと。それなのに、肝心のあんたが、自分のことそんなふうにめくりとばしちゃうわけ？　そんな、かなしくて、悔しくて、さみしいことってないよ。そんなさみしい、いい子になんか、なんないでよ。自分のせいだ、なんて言ってないで。あんたのせいなわけ、ないじゃない。お願いだから、そんなところにいないで、出てきてよ」

届いて、と祈るような気持ちで紡いだけれど、重ねても重ねても重ねても、言葉が足りない。こんなんじゃ、晴彦を連れ出せない。手を引いて、もっといいところに連れていってあげたいのに、これ以上、どう言えば晴彦が顔を上げてくれるのかわからない。

もどかしさのまま、手を、強く強く握る。

しばらくして、晴彦が「痛い」とつぶやいた。

「ごめん」

洟をすすって、手を放す。握りしめた手が、白く変色していた。

晴彦が、ぶらぶらと手を振る。

「馬鹿力」

「……面目ない」

「前から思ってたけど、あんた、おれのことちょいちょいぼっちキャラっぽく扱おうとするのなんなの」

「いや、だって晴彦、友だちの話とかぜんぜんしないから。家にも連れてこないし。今んとこ想像上の生き物だよ」

「べつに、見せてることがすべてじゃないだろ。見えてるものが、すべてでもない……」

ふ、と晴彦が海を見た。

瞳に、海が映っている。

その海が目のふちからあふれる寸前で、こちらに向き直った。

「いろよ」

晴彦が携帯を取り出した。


私たちは、一本松の木の根元に座って、じっと待っていた。晴彦は時おり海のほうを見ては、エネルギーをたくわえているように見えた。

十五分ほどして、晴彦のおとうさんが姿を現した。防波堤から見下ろされる形になる。晴彦がペットボトルの水をひと口飲んで、立ち上がった。

「晴彦、どうしたんだ。帰ったんじゃなかったのか」

おとうさんが脇の階段を下りて、こちらに近づいてきた。

「訊こうと思って」

「なにをだ」

「どうして瑶子おばさんと不倫したのか」

服に付いた砂を払って、浜辺に向かって歩き始める。一拍置いて、おとうさんが晴彦を追った。すこし悩んで、私も後に続く。

「知りたいのか？　そんなこと」

「知りたくねえよ。でも、あの後すぐおれはじいちゃんちに預けられて、で、夏休みの終わりには離婚だ。わけわかんないまま選ばされて、あんたが生活からいなくなった。おれさ、あの夏、じいちゃんちで、近くの川で、ずっと考えてたよ。とうさんは、どうしてあんなことしたんだろう、って。家出るのが決まって、荷物まとめてるときも、ずっと。おれは、なにか見落としてたんじゃないか、って。なにかできたことがあったんじゃないか、って、ずっと考えてた」

晴彦が波打ち際で足を止めた。

「あの夏の感覚が、まだ抜けてないんだ。抜けちゃいけないとも思ってた。でも、もういいだろ」

「そうか」

おとうさんが、目を細めた。目尻に長い皺《しわ》が入る。あごに手を当てて軽く引き、そのまま黙り込んだ。

波打ち際に並んだふたりの向こうに、白い波頭が立つ。風が強くなってきて、私たちが残した足跡はもう波に掃《は》かれていた。

「……瞳子とうまくいっていなかったのは、確かだよ」

晴彦のおとうさんが、ぽつりぽつりと話し始めた。

恋人の頃は「へんなひとねえ」と笑ってくれていたことが、結婚するとそれではすまなくなったこと。

生活への手加減のレベルが合わず、何度も何度も、瞳子さんを苛立たせて泣かせたこと。

瞳子さんのルールとこだわりに、次第に合わせ切れなくなっていったこと。

瞳子さんから聞いた話の、片側が見えてくる。

「正直なところ、自分でも、どうしてあんなことをしたのか、わからないんだ。きっかけも、流れもよく思い出せない。ただ、あの頃、ひどく息苦しかったことだけは、覚えている」

「息苦しかった?」

「ああ。あの家は、瞳子だった。瞳子が選んだ間取り、瞳子が買った家具、瞳子が決めたルール、瞳子がつくり上げた空間。生活のなにもかもが、瞳子仕様だった。瞳子の体の中に、とうさんは仮住まいしていたんだ。そんなとき、瑶子さんと話す機会があった。瑶子さんは、とうさんと似ていた。考え方も嗜好《しこう》もなにもかも、とうさんと一致していて、楽だった。あの家で瑶子さんと会っているときだけは、瞳子の体に穴を開けて、息ができるような気がしたんだ」

「それで、瑶子おばさんと、あの家で、したと」

「そう」

「終わり？」

「おそらく」

「瑶子おばさんとは会ってんの？　あれ以降」

「いや。連絡もとっていない」

「なんだそれ」

晴彦が、ふざけんな、と唸《うな》った。

「おばさんを好きになったって理由のほうがよっぽどマシだよ。おれたちとの生活を捨ててもいいぐらい、好きになったっていうんなら、まだわかる。でも、なに？　手加減のレベルが合わない？　息苦しい？　それならそれで、かあさんとちゃんと揉《も》めて、ぶつかって、それでもだめなら終わりにすればよかったんだ」

「ぶつかる？　そんなこと、とうさんにはできない」

「できないって、なんでだよ」

「そんなことをすれば、瞳子を傷つけるだろう」

「はあ？」

これ以上ない、というぐらい、晴彦の語尾が跳ね上がった。どのツラ下げて、と顔に書いてある。

「ぶつかる、というのはつまり、瞳子のやり方を否定するってことだろう。瞳子はよかれと思ってやっているんだ。それを真っ向から否定するなんて、かわいそうじゃないか」

「それで〝穴〟開けて逃げたせいで、結果、全方位傷つけてるじゃねえか！　かあさんも、おれも、瑶子おばさんも！　無事なのは、真ん中にいるあんただけだよ！」

鋭い叫びに、おとうさんが息をのんだ。

「……そうか。そうだな。結果的に、そうなって、しまったな」

吐息《とい》《き》交じりに、そうか、と漏らすおとうさんを見て、晴彦がもどかしげに眉根を寄せた。

「結果的に、って……。とうさん、なんで想像しなかったんだよ。あんた、深く考えるの、得意なはずだろ」

「とうさんなりに、考えたつもりだったよ。瞳子も晴彦も傷つけず、生活を続けていくやり方を。ただ、想像通りにいかなかった。だから、結果的に、なんだ」

「考えて出したのが、こんなその場しのぎみたいなやり方だったたっていうのか？」

「その場しのぎ、か。瞳子にもそれでよく怒られたよ。わたしを流さないで、と。浅慮で物事に当たったことは、ないつもりなんだがな。晴彦にまで言われるとは」

そう言って、おとうさんが海を見た。痛みをやり過ごすように、一瞬、眉に力を入れた。

晴彦はなにか言おうと口を開けて、なにも言わずに閉じた。それを何度か繰り返して、ようやく、でも、と返した。

「みかどさんでジャケットつくろうって約束したこと、あんた忘れてただろ。それって結局、こども相手だと思って適当にあしらったせいなんじゃないのか。どうせその場かぎりの口約束だ、って流したからだろ」

「ジャケット？　いや、覚えているぞ。晴彦が高校生になったらオーダーでつくろう、だろう？」

おとうさんが、あっさりと答えた。

覚えてんのかよ、と晴彦の肩から力が抜けた。わけわかんねえ、とうめいている。

「なら、みかどさんが店を閉めるとき、どうして教えてくれなかったんだ！」

「必要あるか？　オーダーのジャケットなら、みかどさんじゃなくてもつくれるだろう。中心部にいけば、もっと腕のいいテーラーがいる。そこでつくればいいじゃないか」

ふしぎそうに目をしばたたかせている。

晴彦が頭を掻きむしった。

「違う、違うんだって。そういう問題じゃ、ないんだ」

「どういう問題だ。みかどさんもいい年だ。昔はいいテーラーだったが、今もそうとは限らない。もう腕も落ちているだろう。ジャケットはサイズ感が命だ。せっかくオーダーするなら、より晴彦の体に合うものを仕立ててくれる店のほうがいいじゃないか」

「とうさんが言いたいことは、わかるよ。でも、単純な物の良し悪しじゃないんだ。おれは、みかどさんの店が好きだ。つくるものが好きだ。腕が落ちてたって、体に合ってなくったって、おれは、あの頃のおれのわくわくした気持ちとか、あこがれとか、好きだって気持ちを、大事にしたいんだ!」

晴彦が叫んだのと同時に、風が強く吹いた。爆風のような、風のかたまりによろける。濃い潮の匂いに包まれて、むせそうになる。腕で顔を庇いながら、なんとか目を開けると、流れる髪の隙間から、晴彦が見えた。

吹きつける風の中、晴彦は顔を上げていた。

光も射していないのに、放電しているみたいに、そこだけぼうっと、明るく見える。

風がやんでも、晴彦はそうやって宙を見つめていた。自分から飛び出た言葉を追いかけて確かめているみたいだった。

「冷えてきたな。そろそろ帰ったほうがいい。荷物はあそこか?」

おとうさんが軽く首を振って、髪をかき上げた。一本松のほうに目をやって、こちらに向かってくる。晴彦は動かない。とめなきゃ、と腕を広げかけたときだった。

「とうさん」

どこかうわの空のまま、晴彦がおとうさんを呼び止めた。

「とうさんはさ、好き、って気持ちを優先したことない?」

「好き、を優先？」

「そう。サイズやデザインが自分に合ってなくても、好きだからどうしても身に着けたい、って思うこと。そういうものに出合って、どうしようもなくなったこと、ない？」

「わからないな。昔は、そういうこともあったかもしれないが。そうだとしても、きっと、すぐに手放したよ」

「なんで？」

「自分に合ってないというのは、つまり、似合わないってことだろう。そんなもの、いくら好きでも、身に着け続けるうちに嫌いになってしまわないか？　好きなものを憎むようになるぐらいなら、手放したほうがいい。そもそも、自分に合うものだけ選び続けていれば、そんなことは起こらないだろう。心も体も、ずっと居心地良くいられる」

おとうさんが、ふ、と晴彦から視線を外した。目を伏せて、口を引き結ぶ。ほんの一瞬、横顔が翳《かげ》りを帯びた。

晴彦は、そっか、とうなずいた。

「とうさんは、そうだよな。おれにも、合うものを選べ、って正しい着丈や身幅《みはば》を教えてくれたもんな」

さっぱりと言って、晴彦が波打ち際を離れた。

「おれもさ、そうやって、合うものだけ着けて、ずっと生きていけるんだと思ってた。でも、どうしても合わないものが出てきて、気づいたんだ」

「気づいた？」

「そう」

晴彦が、おとうさんの目の前で立ち止まって、すう、と息を吸った。

「おれは、好きだって気持ちを大事にしたい。正しくなくても、合ってなくても、好き、を手放したくない。うそにしたくない。苦しみも悔しさも、嫌いになりそうな気持ちもぜんぶひっくるめて、好きなものを大事にしたい。それを好きだって思う、自分の気持ちを大事にして、生きていきたいんだ」

大きな声じゃなかったのに、波の音に負けないくらい、はっきりと聞こえた。おとうさんへの反論とか主張とかじゃなく、ただ自分自身に告げるような、穏やかで、余分な力が入っていない口調だった。

海から吹く風が、晴彦を追い越して浜辺に吹きわたっていく。

おとうさんは、乱れたシャツを整えながら、そうか、と平坦な声で言った。

「よくわからないが、晴彦がいいなら、いいんじゃないか。合ってないものを身に着けるのは、傍《はた》から見ればみっともない気もするが」

晴彦が、ぐっ、と顔を歪めた。歪めたまま、笑った。

「それは、おれがいちばんよくわかってるよ。みっともないのも、台無しにしてるのも。だから、おれは、これからもひとりで、」

「ちょっと待って」

黙っていられなくて、思わず口を挟んだ。

なるべく、そこにいるだけ、に努めようと思っていたけれど、今、耳に飛び込んできた単語は、さすがに聞き捨てならない。

「晴彦、みっともないとか台無しとか、もしかしてブラの話じゃないよね」

「そう、だけど」

「ブラの美しさを晴彦が台無しにしてる、ってこと？」

まさか、と笑い飛ばしてほしかったのに、晴彦は、不自然につり上げた口角をいっそう無理やり上げただけだった。

「だから、そうだって。おれの体はどんどんでかくなってて、もう、あるべき、綺麗な形じゃ着けられない。台無しにしていく一方だ。ちぐさも、そう思ってるんだろ」

「あんた、それ本気で言ってる？」

「本気で、って」

瞳が困惑に揺れている。

ほんとにわかってないんだ。

おかめはちもくだよ、と言う智くんの声が聞こえる。その通りだ。晴彦は、日頃あのばかでつかい姿見で、いったいなにを見ているんだろう。

「あのさ、単純にサイズの話だけすれば、女性向けのブラは、昔ほどは晴彦の体に合ってないよ。でも、それ以上に、男性用のほうが合ってなかった。そりゃ、胸とかわかりやすいところは合ってるけど、チープで、ありふれてて、逆に、あんたの背すじとかたたずまいを台無しにしてた。そぐわないっていうか、あんたに釣り合ってなかったっていうか。それこそ、ひっくるめて、の話なんだって」

身ぶり手ぶりで説明したけれど、晴彦はピンときていない。もう、とじれったさを覚える。

「ほら、あんたがもってる、あのブラ。フランス製のやつ。個人的には、あれ着けてるときの晴彦がいちばん好きなんだよね。あんたのその神経質な雰囲気に負けず劣らずの繊細さでさ。あれはね、もう晴彦にしか心開いてないよ。私じゃ相手にしてくれない」

「……はあ？」

「他にも、あの、赤いやつ。胸にでっかいツバメが飛んでるやつ。あれもかっこいいよね。あれ着けて偉そうに腕組んでるときとか、なんとも言えない迫力があって敬礼しそうになるもん。ああいう、ガツン、としたデザインだと晴彦のふてぶてしさが俄然《がぜん》活きてくるよね」

「あんた、そんなこと思ってたのかよ」

晴彦が耳を赤くしている。

あれ、言ったことなかったっけ。

思い返せば、確かに面と向かって言ったことはないかもしれない。いつも、心の中でこそこそ思っていただけだ。

そうか。

そのせいだ。

晴彦がブラを着けている姿は、私しか見たことがない。いいじゃん、とか、似合ってるよ、とか。私が言わなきゃ、言う人は誰もいない。

晴彦は、ブラを好きな自分の気持ちを大事にすると言っていた。

でも、私は、ブラを着けてる晴彦自身のことも、好きになってほしい。みっともないとか、台無しとか言わないで、大事にしてほしい。知ってほしい。ブラを着けてる晴彦が、どれほどすてきか、ってこと、気づいてほしい。

自分のこと、あらかたできてしまう晴彦のためにできることって、そんなに多くはないのかもしれない。でも、できないことを嘆くんじゃなく、できることを見つけたい。見つけたとき、ためらわない自分でいたい。

息を、深く吸い直す。

今が、そのときだ。

「そうよ! ずっと思ってたんだから。いちばん初め、あんたがブラ着けてるの見たときから。それをあんた、言うに事欠《ことか》いて、台無し、って。信じらんないよほんと」

「なんでちょっとキレ気味なんだよ」

「あの黒いやつはねえ、衝撃だった」

「話聞けって！」

「あんたの目つきの悪さがいい具合にハマって、もうね、毛艶のいい黒豹に睨《にら》まれてるみたいだった。すっごくどきどきするんだけど、目が離せないっていうか」

「もういい、もういいから！　おれを殺す気か」

晴彦がおとうさんを押しのけて口をふさぎにきたけれど、身をよじって逃げる。

「深緑のやつも好き！　あんたの、思慮深さっていうの？　そういうのが滲み出ててさ。ぱっと見は落ち着いた色合いなんだけど、光が触れると、金の刺繍糸とスパンコールがきらめいて、さながら、森の、木漏れ日の、ええっと」

「語彙尽きてんじゃねえか！　もう黙れって頼むから」

おとうさんを挟みながら逃げ回っていたけれど、とうとうつかまって肩を引かれた。思ったよりも強い力で、バランスを崩して、晴彦に背中から倒れ込む形で砂浜に転がる。

「悪い。大丈夫か」

砂が目に入ったのか、晴彦が目をこすりながらまばたきを繰り返している。私も砂まみれだったけど、そのまま、正面に向き直って、荒い息で告げる。

「言うよ！　私、これからも言うから」

さっきまで追いかけていたのは晴彦のほうなのに、なに、と怯んだように身を引こうとしたから、逆にシャツを摑んでつかまえ直す。

「私、ブラ着けてる晴彦のこと好きよ！　あんたがめちゃくちゃデカくなってムキムキになっても、思ってること、変わんないから。好きって気持ち大事にして、胸張ってブラ着けてるあんたは、きっと、ずっと、かっこいいよ！」

思いっきり叫ぶと、晴彦が生えぎわから耳たぶの先まで顔を真っ赤にした。目元は力《りき》みまくっているのに、鼻はぴくぴくして、口元はむずむずと動いている。

「へんな顔」

思わず言うと、晴彦にこづかれた。

「あんた、恥ずかしくねえの……」

「ぜんぜん。『好きだって気持ちを大事にしてるだけ』、だもの」

笑って言ってやると、晴彦が、ぐっ、と言葉を詰まらせた。

熟《う》れたトマトみたいに真っ赤な顔を、いろんな表情がめまぐるしく通りすぎていって、最後に、いつもの仏頂面に戻って、どーも、とちいさく言った。

服や体についた砂を払い合っていると、おとうさんが、待て待て、と間に割り込んできた。

「ブラって、あれか？　女性用の下着の話か？　晴彦がそれを着けているのか？　晴彦が？」

勝手に言っちゃってまずかったかな、と晴彦を見たけれど、晴彦は、おとうさんの混乱ぶりを横目に、ゆっくりと立ち上がって腕を組み、ふん、と鼻で笑った。

「そうだけど。文句あるか？　おれがいいなら、いいんだろ」

「いや、そうだが。そうは言ったんだが。ブラ……ブラジャーだって？」

顔にめり込みそうなほど、指の腹で眼鏡を押さえて、まじまじと晴彦を見ている。視線を正面から受け止めた晴彦は、どうぞ、とばかりに腕組みを解いた。

「いくぞ、ちぐさ」

息を整える間もなく、ぐい、と手首を引かれて立ち上がる。

つんのめると、手を強めに握られた。そしてもう一度、握り返せとばかりに深くやさしく包み直されて、どきり、とする。

振り返ると、おとうさんは事態を処理しきれないようで、ぶつぶつとつぶやき続けている。

「晴彦、あれ、あの、いいの？」

「いいんだよ。ああやって、考えてりゃいいんだ。考えても仕方がないことを考えて、せいぜい悩んどけ」

そのまま晴彦がずんずんと歩いていく。

防波堤まであとすこしというところで、晴彦が砂浜に足を取られた。かくん、と抜けるような感覚が伝わってきて、わ、と声が出る。

「ちょっと、大丈夫？」

「大丈夫じゃない。まったくもって、なにもかも、ぜんぜん。くそ痛ってえ。もうどこもかしこもギシギシいってて最悪だ。ほんと最悪。ちぐさ、どうにかしてくれよ」

「ど、どうにか？」

「そう。どうにか」

「なんだろう、さするとか？」

「他には？」

「ほ、ほか？　あ、ゴミ出し当番代わるよ。お風呂掃除も当分私がやる」

「もう一声」

「ええっと、痛くて眠れない夜は子守歌うたってあげる」

「いらねー」

晴彦がかろやかに笑った。

「いらないってなによ。こういうのは愛が大事なのよ、愛が」

力説すると、愛ねぇ、とつぶやいた。

「まずはおれが持つかあ」

どことなく観念したように、晴彦が空を振り仰ぐ。

つられて見上げると、うすみずいろの空に、雲がやわらかく溶けて消えた。

初出

「ブラザーズ・ブラジャー」
第2回氷室冴子青春文学賞大賞受賞作
「きみのゆくえに愛を手を」を加筆・修正し、改題

「ブラザーズ・ブルー」
書き下ろし

佐原ひかり

1992年、兵庫県生まれ。大阪大学文学部卒。
2017年、「ままならないきみに」で
第190回コバルト短編小説新人賞を受賞。
2019年、「きみのゆくえに愛を手を」で
第2回氷室冴子青春文学賞大賞を受賞。

ブラザーズ・ブラジャー

2021年6月30日　初版発行
2022年7月30日　2刷発行

著　者　佐原ひかり
発行者　小野寺優
発行所　株式会社河出書房新社
〒151-0051 東京都渋谷区千駄ヶ谷2-32-2
電話 03-3404-1201(営業)　03-3404-8611(編集)
https://www.kawade.co.jp/

組　版　株式会社キャップス
印　刷　株式会社暁印刷
製　本　加藤製本株式会社

Printed in Japan　ISBN978-4-309-02964-1